ただいま神様当番

青山 美智子

宝島社
文庫

宝島社

ただいま神様当番

青山美智子

宝島社

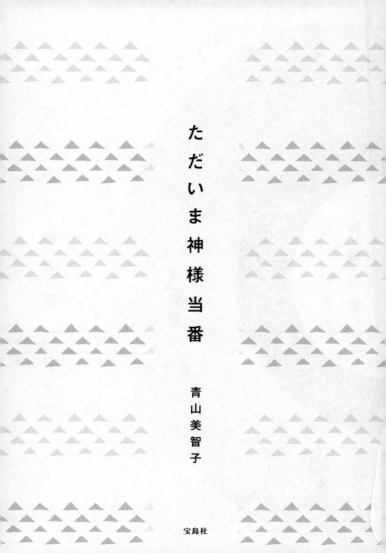

ただいま神様当番［目次］

ただいまの神様当番

一番
1
水原咲良
（OL）
7

二番

2
松坂千帆
（小学生）
69

番

三番
3 新島直樹（高校生） 121

四番
4 リチャード・ブランソン（大学非常勤講師） 197

五番
5 福永武志（零細企業社長） 245

巻末特典
青山美智子&田中達也 特別対談 311

Tadaima Kamisama Touban

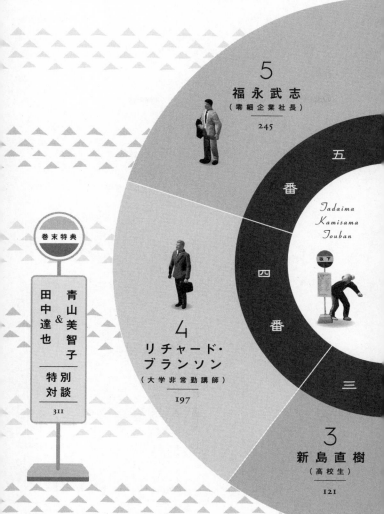

カバー写真　田中達也（ミニチュアライフ）
ブックデザイン　菊池 祐

一番

水原咲良

（OL）

私の順番はいつ回ってくるのだろうと、テーブルの隅《すみ》で考えた。グラスの中で氷が半分溶けている。色も味も、すっかり薄まってぼやけたカシスソーダはちっとも美味しくない。それでも、今ここにいる私にとっては唯一の相棒みたいなものだ。ぐっしょりと汗をかいているこのグラスがあることで、この席に座ることが許されているような。

流行《はや》りのJポップが流れる居酒屋で、みんなひっきりなしにしゃべっている。笑っている。大声を上げている。よく知らない人たち。私はなんでここにいるんだろう。テレビを見ているみたいにその風景を眺めながら、世界から私だけ、ぱつんと切り離されているような気持ちになった。

いつだってそうだ。楽しいことはみんな、私の目の前を素通りしていく。

久しぶりに誘われた合コンが、頭数合わせだと気づくのが遅すぎた。フェイスブックでつながっているだけの、短大時代の同級生からきたメッセージに乗ったのが間違いだった。声をかけてくれた梨恵《りえ》とは卒業以来三年ぶりの再会で、彼女はすごくキレイになっていて、他の女の子たちもみんな華やかであかぬけていて、なんだか私だけ場違い。二度目の席替えで隣に来たメガネ男子は、反対側の女の子に体を半分傾けたままだ。

去年の夏、ユイちゃんから「次は咲良《さくら》ちゃんの番だね」と言われたのを思い出す。ブーケトスで受け取ったピンクの花束。ウエディングドレス姿のユイちゃんを素直に美しいと思えたのはきっと、そのとき私にも彼氏がいたからだ。でもそれから三カ月もしないうち、私はあっけなく振られてしまった。

心のよりどころは大好きなアイドルグループのキュービックだけど、コンサートチケットはなかなか当たらない。ひそかにやっているツイッターでこぼしたら、知らない人から「次は当たるといいですね」なんてコメントが入っていた。次。次って、いつ？　前も、前の前も、その前も、私は抽選に外れている。当たる人はしょっちゅう当たっているのに、運は順番通りにはやってこない。おまけに、ニューアルバムの予約に出遅れて、どこのお店でもネット通販でも初回限定盤は手に入らなかった。

乾き始めた鮪《まぐろ》の刺身に箸を伸ばしたら、幹事の男の子から「最後の席替えターイム！」と声が上がった。男子チームがひとつずつ席をずらしていく。ビールジョッキを片手に、しましまシャツの男の子が私の隣に座った。

「ええと、水木《みずき》さんだっけ」

「水原《みずはら》です」

「デザイナーなんでしょ。かっこいいな」

私は曖昧《あいまい》に笑って鮪を口に入れる。私が勤めているのは印刷会社で、やっているのは事務だ。自己紹介のとき「カタログとかポスターとかを印刷してる会社です」と言ったのをそんなふうに受け取ったのだろう。たいして興味を持たれなかったという証拠だ。どうせもう会うこともない相手に否定することもないかと、私はカシスソーダをちびりと飲む。もっとも、私は彼の名前も職業もまったく思い出せないんだからもっとひどい。

私と会話が盛り上がらなくて困りげなしましまくんの向こうで、「デザート食べる人〜」と女の子が言った。私が顔をそちらに向けると、彼女はメニューを私のほうに差し出して「見る？」と笑った。

さらっとしたショートヘアの、澄んだ目をした賢そうな子だった。しましまくんと三人で、メニューをのぞきこむ。

女子会狙いなのか、居酒屋にしてはデザートの種類が豊富だ。手描きのメニューには、「プリンセス・パラダイス」とタイトルされた囲みの中にスイーツの写真が載《の》っている。白雪姫のリンゴジェラート。シンデレラのかぼちゃプリン。人魚姫のクリームソーダ。

フリー素材をひっぱってきたらしい、白馬に乗った王子様とお姫様の何やら妙にロマンティックなイラストが添えられていた。

それを見てショートヘアの女の子がひとりごとのようにつぶやいた。

「カッコいいなぁ。遠くまで連れて行ってもらえそう」

しましまくんが笑う。

「白馬に乗った王子様なんて、憧れたりするんだ?」

ううん、と女の子は首を横に振り、さっぱりと言った。

「私、王子様より白馬が欲しい」

翌朝、バス停に向かって歩きながら私は彼女のことを考えていた。

あそこにいた男子四人よりも、ずっと印象的な人だった。

白馬が欲しい、だって。なんでだろう。めんどくさいじゃん、馬。何もしてくれないし。むしろ、こっちが世話しなくちゃいけないし。

遠くまで行きたいなら、馬付きの王子に乗せてもらえば一石二鳥じゃん。

私はあの合コンで王子様に出会えなかったどころか、誰からも連絡先を聞かれなかった。私を誘ってくれた梨恵でさえ、解散後の挨拶《あいさつ》もなく、男子と肩を並べてさっさと駅のほうに行ってしまった。むろん、私から誰かに声をかけることもない。

「……なんか、楽しいことないかなぁ」

誰に言うともなくひとりごちた。いつのまにか口癖になっている気がする。四月上旬の朝、花曇りの陽《ひ》はけだるい。

通勤に使っているバスは、朝のうちは十五分間隔だ。「坂下《さかした》」と書かれた丸い表示板の下に長方形の時刻表、その下にプリンみたいな山形のコンクリート台がついている。歩道の脇にぽんと置かれた、きわめてオーソドックスなそのバス停から私は駅に向かい、電車に乗り継ぐ。「坂下」というのはこのあたりの地名で、たしかにバスのやってくる向こうからこの停留所までのんびりと長い下り坂が続いていた。

今朝は一番乗りだった。七時二十三分、この発車時刻に合わせて、いつも決まった顔ぶれの五人が集まる。

私のほかに、ちょっと地味な男子高校生と、暗い色のスーツを着たおじさんと、どこの国かわからないけど飴色《あめいろ》の髪の外国人男性、それに小学生の女の子。

今日もいつもとそう代わり映えのない朝がきた。きっと代わり映えのない仕事をして、代わり映えなく一日が終わっていくんだ……いつまで？

ふう、とため息をついて下を向くと、バス停の台にＣＤジャケットらしきものが立てかけてあるのが目に留まった。

「──────！」

思わずしゃがみこむ。

キュービックのニューアルバム、初回限定盤だった。どこ探しても完売してたやつ。あとはネットで悪質な業者とか個人の手によって定価の三倍ぐらいの値段で売られていて、もうあきらめていた貴重な一枚だ。

ジャケットの端《はし》に「おとしもの」とサインペンで走り書きしたような付箋《ふせん》が雑に貼られている。

心拍数が上がった。

落とし主はこのバス停を使っている人だろうか。それとも、この道を歩いている途中の通行人？　どちらにしても、めちゃくちゃ探してるだろうな。だけど、こんなところにあるなんて思わないかもしれない。

あたりを見回す。

誰もいない。ここに立っているのは、私とバス停だけだ。

見るだけ……。ちょっと、さわるだけ。

私はＣＤにそろりと手を伸ばした。未開封だ。

「……ラッキー」

そんな言葉が口をついて出る。

そう、ラッキーなんだ。声にしてみたら、それはやっと私に回ってきたツキのように思えた。

私にだって、こういう「楽しいこと」が向こうから訪れたっていいような気がした。デビューからもう五年も応援しているのだ。もしかしたら、キュービックからのプレゼントかもしれない。コンサートのチケットがなかなか当たらないお詫《わ》びとか。

道の向かいから、いつもの男子高校生が歩いてくるのが見えた。

私はさっとCDをバッグの中に押し込み、何食わぬ顔でバスが来るほうに目をやった。


会社は相変わらず退屈で不満しかなく、古村《こむら》部長に用事を押し付けられたせいでランチタイムが縮小されてしまった。不愛想でイヤミったらしくて、ホントに陰気な上司だ。帰りの電車でも座れなかったし、いつも夜ご飯にしているスーパーのお弁当は軒並み売り切れで海苔弁《のりべん》しか残っていなかった。短大時代からひとりで住んでいるアパートに帰宅し、誰もいないのに「ただいま」とか言ってみる。毎日だいたいこんな感じだけど、でも今日の私はちょっと違う。バッグの中に「お楽しみ」が入っているのだ。

初回限定盤には、新曲のミュージックビデオがついている。それから特製ブックレットとオリジナルステッカー。

私は海苔弁を急いで食べ終え、ミュージックビデオを堪能した。

六人メンバーの中で私のオシは葛原達彦《くずはらたつひこ》、「たっちん」と呼ばれている八重歯の男の子だ。私よりふたつ年下の二十一歳で、笑顔が無邪気で可愛くて。

不意に、ちりっと胸の奥が痛んだ。

この初回限定盤の持ち主は、誰オシなんだろう。明日、同じ場所に戻しておこうか。でも開封しちゃったし……。

もやつく頭を振って風呂に入り、私はベッドでブックレットを広げながら眠った。期待していたけど願い叶《かな》わず、たっちんの夢は見られなかった。


いつもと変わらない朝……の、はずだった。

毎朝恒例の、けたたましいベル音に起こされた。半分目を開けて、目覚まし時計に腕を伸ばす。

ぼやっと、腕の内側に何か黒いものが見えた気がして、私は「ん?」と手のひらを上にしてパジャマの七分袖を肘《ひじ》まで上げた。

手首から肘にかけて、腕からはみ出さんばかりの大きな文字が縦に書かれている。

神様当番

「……なに、これ⁉」

飛び上がるようにして体を起こし、まじまじと腕を見る。黒々とした極太の「神様当番」は、皮膚のやわらかい部分に印刷されているかのようだった。

「いやーっ！」

ごしごしと右手のひらでこすってみたけど、まったく消えない。

いったい誰が？　あたりを見回したところで、七畳程度のワンルームには私しかいなかった。だいたい、神様当番って何？

ベッドに座ったまま壁に向かって茫然《ぼうぜん》としていると、背後でしゃがれた声がした。

「お当番さん、みーつけた！」

はっと振り返ると、ニヤニヤした見知らぬお爺《じい》さんが床にちょこんと正座している。

「キャーッ！」

悲鳴を上げてとっさに枕を投げつけた。あまりの恐怖に、近くにあったものを手あたりしだいぶつけていく。ぬいぐるみ、ティッシュの箱、読みかけの漫画本。目覚まし時計をつかんだところでお爺さんが言った。

「わー、それはさすがに痛いじゃろ！」

は、と手を止めてお爺さんを見る。

お爺さんは小柄で痩せていて、額《ひたい》からてっぺんに向かってつるつるで、頭の両脇に白い毛がもわもわと生えていた。どこかの中学生みたいな、白ラインの入ったえんじ色の長袖ジャージを上下で着ている。足元は裸足《はだし》だ。

皺《しわ》のいっぱい刻まれた顔でへろへろ笑っていて、ひ弱そうではないけど決して強そうでもない。お調子もののおじいちゃんって感じだ。実家のお母さんが親戚でも送り込んできたのかな。こんなお爺さん、いたっけ？

「ええと、どなた……ですか」

一応、敬語で聞いてみた。お爺さんはにそにそしながら自分の胸のあたりを指さす。

「わし？　わし、神様」

「……は？」

私はベッドサイドにふるえる手を伸ばし、スマホをつかんだ。

親戚なんかじゃない。この人、おかしい。警察に電話しなくちゃ。一人暮らしの女の部屋に、非力な老人とはいえ知らない男が不法侵入してきたのだ。おまけに、腕にこんなイタズラされて。

ふと、ベッドサイドのCDデッキに目がいく。キューービックのアルバムがない。デッキの脇にジャケットを立てておいたのに。そういえば、枕元のブックレットもなくなっている。

「ど、泥棒！」

私が叫ぶと、お爺さんはニヤーッとしながら黙って私を指さした。

……………そうだ。

泥棒は私だ。あのCD、お爺さんのだったのか。取り返しに来たんだ。

「すみませんでした……。お返しします」

私はベッドの上に正座して頭を下げた。警察を呼ばれて困るのは私のほうだった。

するとお爺さんは、かくんと首を傾ける。

「お願いごと、きいて」

お願いごと？

ぽかんとしていると、お爺さんはこう続けた。

「わしのこと、楽しませて」

「……え？」

「楽しませて～。咲良ちゃんがわしのこと楽しませるの！」

グーにした両手を左右に振り、お爺さんはだだをこねた。私の名前まで知っている。うす気味悪い。

「な、なんで私がそんなこと……」

私が顔を引きつらせているとお爺さんは、にしゃあっと笑ってこう言った。

「だってわし、神様だもん」

「………」

「………」

……ばかばかしい。

私はスマホを持ち直した。やっぱり警察を呼ぼう。どう考えても、落とし物を持ち帰った私よりお爺さんのほうが危険人物だ。そうだ、私はＣＤが悪い奴に高額転売されないように、いったん預かっただけなんだから、そうなんだから。

「楽しませてくれないと、お当番が終わらないよぉ」

お爺さんが私の腕に人差し指を向ける。

「お当番が終わらないと、消えないよぉ、それ」

何言ってるんだろう。私は無視して、通報するために電話機能を開く。

「楽しませてくれるまで、わし、待たせてもらうわ」

私が一一〇のゼロを押す直前にお爺さんはそう言い、ぱっと小さくなって勾玉《まがたま》みたいな形になった。

ぎょっとしてスマホを落とした私の左手のひらに、勾玉がしゅうっと入り込んでいく。左腕がむずむずっとして、すぐに何事もなかったように落ち着いた。

「…………うそでしょ」

背中に変な汗が伝った。いったい何が起きたんだろう。

愕然《がくぜん》としながら部屋を見回す。

私しかいないワンルームは、カーテンも家具も、昨晩寝る前と同じだ。外で雀《すずめ》がちゅんちゅんと鳴いている。いつもと変わらない朝だった。

私の左腕に、神様がいるらしいことをのぞけば。

神様は姿を消したように見えたものの、そのあとが大変だった。

ボディソープでもクレンジングオイルでも「神様当番」の文字はまったく落ちない。

先週買った七分袖のブラウスを着たかったのに、腕の文字を隠すためにぴっちりした長袖のカットソーを選ぶしかなかった。

さらに驚くことに、気を取り直してメイクしようとしたら、左手がひとりでに動いて洗面台の引き出しを開けたのだ。薬局でもらった口紅のサンプルを勝手に開封し、唇に塗りたくってきたので本当にびっくりした。パールの入った濃いピンクで、可愛いけど私にはちょっと派手だなと思った色だ。

右手で口紅を落とそうと試みたけど、強靱《きょうじん》な力で左手に妨害された。神様には逆らえないということらしい。

仕方なく濃い口紅をつけたまま家を出た。今日はなんだか蒸《む》していて、暑いくらいだ。厚手の長袖を着ているせいで、ちょっと小走りしただけで汗ばんでしまう。

ああ、もう。この文字が消えるまで半袖が着られないじゃないのよ。おまけに、勝手に左手が動いちゃうなんて、神様が今度は何をしでかすか気が気じゃない。

ハンカチで首元を拭《ふ》きながらバス停に着く。いつものメンバーが立っていて、バスはすぐに来た。

車内はほどほどに混んでいて、席はあらかた埋まっている。さっきバス停で一緒に並んでいた暗い色のスーツのおじさんが、たったひとつ空いていた優先席に座った。次のバス停から妊婦さんが乗ってきて、おじさんは寝たふりを決め込む。このところ、毎度の光景だった。

突然、私の左手がおじさんににゅっと伸びていく。

焦ったけど止めるすべがない。左手はおじさんの腕をむんずとつかみ、席から勢いよく引きずりおろした。

「な、なにするんだ！」

おじさんが血走った目で私をにらむ。私はあわてて小さな声で言い訳をした。

「違うんです、か、神様が……」

「神様ぁ？」

「いえ、あの」

しどろもどろになっている私の左手は、妊婦さんに向かって「どうぞ」のジェスチャーをしている。

妊婦さんが、おじさんと私、両方に向かって頭を下げた。

「ありがとうございます。助かります、今朝は気分が悪くて」

そう言われるとおじさんも黙ってしまい、そっぽを向いてつり革につかまった。

駅に着くまで、私はなんだかいたたまれず、ずっとうつむいていた。途中で降りてしまおうかと思ったくらいだ。なんて大胆なことを。神様ってば、ほんとに無茶する。私がおじさんに殴られでもしたらどうするつもりなんだ。

まあでも、立ちっぱなしの妊婦さんに誰も席をゆずらないことは、前から気にはなっていたんだけど。あんなふうに、おじさんを引きずりおろしてやりたいと想像したことだって、何度もあったんだけど。

今後おじさんと顔を合わせるのも気まずいし、明日からは一本早いバスにしようと思ったところで、おじさんがいつも降りる停留所に着いた。駅よりふたつ前だ。

おじさんはバスを降りるとき、私のそばで照れくさそうにつぶやいた。

「俺が悪かった、気がつかなかったんだ。……ありがとな」

私は目を見開いておじさんを見る。おじさんは憮然《ぶぜん》とした表情のまま、耳を赤くしながら足早に降りていった。

くたびれたスーツは何年も着古しているのだろう。寝たふりしていると私が勝手に思い込んでいただけで、疲れている彼が妊婦さんに気づかなかったのは本当かもしれない。

あのおじさんが私にあんなこと言うのって、席をゆずるより勇気のいることなんじゃないかな。

バスの窓から、とぼとぼと歩く仏頂面のおじさんが見えた。やっぱり明日からもこの時間のバスに乗ろうと、私は決めた。

さて問題は、神様をどうやって楽しませたらいいのかということだ。

会社のトイレでひとり、洗面台で手を洗いながら私はもんもんとしていた。夢だと思いたいのはやまやまだけど、ここまでくると現実だと認めざるを得ない。

……これって、私だけに見えるとか、そういうアレだろうか。

袖を少しだけめくって見ていたら、ユイちゃんが入ってきた。私と目が合うと、にこっと笑ってくれる。優しくて可愛いユイちゃん。

「あれ？　咲良ちゃん、なんか手首汚れてない？」

人からもやっぱり見えるんだ、これ。私はあわてて袖を下げ、文字を隠す。

「あ、うん。トナーインクを替えたときについたのかも」

「ああ、さっきいっぱいコピーしたもんね」

そう言ってユイちゃんは苦笑した。

古村部長から大量の資料コピーとホチキス留めを頼まれて、さっきまで私とユイちゃんはあくせく働いていたのだ。十時の会議に間に合わせたいから急げと、九時四十五分に原本を渡された。私たちは、この会社から人間だなんて思われていない。

「洋服、汚れなかった？　大丈夫？」

「うん、平気」

ユイちゃんは「よかった」と言い、私の顔をそっとのぞきこんだ。

「咲良ちゃん、その口紅の色、すごくいいね。似合ってるよ」

「……え、ほんと？　派手じゃない？」

「ううん、ぜんぜん。なんだか表情が明るくなって、いい感じ」

天使のようなほほえみを残し、ユイちゃんは個室に入っていく。

私は鏡に顔を近づけ、思わず頬を緩ませた。

……やっぱりそうかな、そうだよね。

案外似合ってるって、実は私も、そう思ってた。


お風呂上がりに足の指の爪を切っていたら、左腕がむずむずした。はっとしていると手のひらからぽんと勾玉が現れ、たちまち神様の姿になった。

「さーくらちゃん」

神様はなれなれしく私を呼び、小首をかしげている。いきなりだったことには驚いたものの、来たか、という気持ちのほうが強い。私は神様に詰め寄る。

「ちょっと、無茶すぎませんか。勝手なことばっかりしてっ！」

神様は小ばかにしたようにへろりと笑い、こう言い放った。

「だってわし、神様だもん」

……絶句。

もう受け入れるしかなかった。早く神様に満足していただかないと、腕の文字は消えないわ、横暴な振る舞いに翻弄されるわで、このままではまともな日常が送れない。

「じゃあ、せめて手から出入りするの、なんとかなりません？　気持ち悪いんですけど」

神様は私の訴えをスルーし、頰に両手をあてて恋する乙女みたいに目を閉じた。

「わし、ユイちゃん好き」

私だって大好きだ。入社して、最初に話しかけてくれたのはユイちゃんだった。同期で同じ部署の事務に配属されたのは私たちだけで、それからずっと仲良くしてくれている。

去年、結婚するって聞いたときにはびっくりしたけど、仕事は辞めないってすぐに言ってくれて心からほっとした。私があんな退屈な職場に毎日行くことができるのは、ユイちゃんがいるからだ。

「……私も。友達って呼べるの、ユイちゃんくらいだし」

私はそう言いながら最後の爪を切り終えた。床に広げた新聞紙の上に、三日月形のかけらが散らばっている。新聞紙といっても、ポストに勝手に入ってくる地域情報のフリーペーパーだ。私は切った爪をゴミ箱に落とし、新聞紙を軽くたたんで脇に置いた。

「ねえ、なんか楽しいことない？」

神様はそう言いながらベッドの上にぼんっと腰を落とした。すぐそばの床に座っていた私に、微量の風がくる。

私は「うーん」と口ごもった。そんなの、私が知りたい。

ベッドの上に置きっぱなしにしていた私のスマホを、神様が拾い上げた。あ、と止める間もなく、神様はベッドに寝転んでスマホをいじり始める。まあ、いいか。楽しんでくれれば。考えてみれば今のところ、スマホぐらいしか娯楽は思い当たらない。

神様は案外、スマホの操作に慣れている様子だった。腹ばいになって頭を持ち上げ、ほんの二分ほどぴこぴことパズルゲームをしていた。しかしその目は半開きで、いかにもつまらなそうだった。

あっさりゲームにけりをつけると、今度は天井を向いてフェイスブックを開く。私はほぼ投稿していなくて人のを見るだけだ。たいして仲良くもない他部署の先輩に見つかってしまい友達リクエストを拒めなくて、最初は彼女の大量の投稿にいいねを押さなければならず苦痛だった。今はもう、最近開いていないというていで、見ていないふりをしている。私にはそもそも「友達」が少ないし、他人に自慢できるような出来事も起こらない。フェイスブックの活用法がよくわからなかった。

神様はさーっと画面をスクロールして「友達」たちのきらびやかな投稿を眺めると、ひとことだけ、

「ふーん」

と言った。口がへの字になっている。

次に、神様はツイッターを開いた。特にテーマもなく、知人の誰にも教えていない私のアカウントは、フォロワーといえばよくわからない自己啓発系ボットぐらいだ。めんどうくさいのでブロックさえしていない。私自身、キュービックの情報発信をしている人やドラマの公式サイトをフォローしているだけで、つぶやくのは愚痴吐き出し専門だった。神様が楽しめるとはとても思えない。

「うへ、可愛い」

神様が声を漏らしたのでのぞきこむと、たっちんがCMしているカレーの宣伝パネルを撮影したファンの投稿だった。まさか、たっちんに反応するとは。

私は棚からキュービックのベストアルバムを取り出して、CDデッキにかけた。音楽が始まると神様はベッドから降り、ノリノリで体をゆすりだす。キュービック、好きなのか。

私が一番気に入っている、二年前にたっちんが出演したドラマの主題歌を口ずさむと、神様も一緒に歌いだした。知ってるんだ、この曲。知ってるどころか、サビの部分の振り付けも完璧だった。

「♪愛が地球をまわすんだ・よー！のところで、ふたりで揃《そろ》ってこぶしを挙げた。

た、楽しい……。

もしや神様にもお楽しみいただけたのではと淡い期待を抱《いだ》きながら、私はつい軽口をたたいた。

「あーあ、たっちんが彼氏だったらなあ」

神様は腕を組み、うんうん、とうなずく。

「いないよね、あんな男」

話に乗ってくれたのが嬉《うれ》しくなって、私は続けた。

「コンサートのチケットもぜんぜん当たらないしさ」

神様も私に同調する。

「ほんと、何のためにファンクラブ入ってるのって話」

「彼氏もできないしたっちんにも会えないし、仕事も面白くないし、毎日枯れてるよ、もう最悪！」

吠えてしまってから、はっと神様を見た。

神様はぶうっと頬をふくらませている。

「やだやだ、ぜんっぜん楽しくない」

う、しまった。だめだ、神様を楽しませられない。

「なんかないのー？」

ふてくされたように言いながら神様は部屋の隅に行き、チェストの一番上の引き出しを開けた。三段目には下着が入っているので、私はさすがに阻止の声を入れる。

「ちょっと、また勝手に……」

「あれー、これ何？」

神様が取り出したのは、クッキーの缶だった。一瞬、私も「なんだっけ」と思ったくらい忘れていたそれを、神様から受け取る。

缶の蓋を開けると、色とりどりのビーズ玉と、テグスや金具がおさまっていた。ペンチやニッパーも入っている。

半年くらい前、ユイちゃんが作ったビーズのブレスレットがすごくかわいくて、私も真似していくつかキットを買ってみたのだ。一見、本物のパールや宝石みたいなビーズもあって、デザイン次第で大人っぽくもなる。そのとき作ったものは、ユイちゃんに見せるのが恥ずかしくて結局使っていないけど。

神様は「わあ……」と子どもみたいな声を上げた。私はそっと訊《たず》ねる。

「……やってみる？」

「うん！」

神様はにこにこしながらローテーブルの前に正座した。

ビーズは百均の仕切り付きケースに詰めてある。自分なりに色分けしておいたので、彩りが整っていてきれいだ。カラフルな玉を見ているだけで華やいだ気持ちになった。

かけっぱなしのキューービックの曲を時々歌いながら、私は神様と一緒にブレスレットを編んでいった。テグスに通すだけの、一番シンプルで簡単なタイプのもの。ビーズを選び、テグスの先を穴にさすと気持ちよく滑っていく。ブルーを基調に思いつくままやってみたら、さわやかでなかなかの出来栄えだった。大振りのガラスビーズと小さなターコイズの組み合わせが、なんともいい感じだ。青の合間にクリアなカットビーズも混ぜ込む。蛍光灯にかざすとキラキラして涼しげで、夏がくるのがちょっとだけ楽しみになった。そう、私はこういうことをするのが案外、好きなのだ。端を結び、左手首にはめて満足する。

神様はキャンディみたいなプラスチックビーズを、イエロー、グリーン、オレンジと、ランダムに規則をくずしながら並べていた。ビタミンカラーになってこれも可愛い。センスあるじゃないの、神様。

最後の仕上げを神様が手間取っていたので、手を伸ばして受け取る。テグスをきゅっと結んで余分なところをカットし、完成させた。神様の左手首にはめてあげたら、神様はばんざいするように両腕を上げて「わーい」とはしゃいだ。

楽しいんだ、神様。よかった。私はテグスの切れ端をゴミ箱に捨てた。ふと、脇に置いた新聞紙に目が留まる。

【チェコビーズ・ピアスを作りませんか?】

記事の見出しが視界に飛び込んできた。

【歴史あるチェコビーズで、素敵なピアスを作りましょう。ドリンク、スイーツ付き】

駅前のカフェで開催されるワークショップのお知らせだった。ハンドメイド作家の先生がレクチャーしてくれるらしい。

私は床に座り込んで記事をじっくり読んだ。神様が後ろに来て、私の肩に顎《あご》を乗せてくる。

「いいなあ、やりたいなあ。でも、わし、咲良ちゃんが申し込んでくれんと行けないもんなあ」

こういうイベントに興味がないわけじゃない。本当のことを言うと、私もやってみたい。チェコビーズって、初めて聞いた。どんなのだろう。いつも前を通るだけだった開催場所のカフェも、外観が可愛くて行ってみたかったし。

でも、知らない人ばっかりの中でひとりで参加するなんて、私にはとてつもなく勇気のいることだった。

開催日は今週の土曜日になっている。

「あ、でももう予約いっぱいかも。こんな時間だからお店も閉まってて問い合わせできないし」

私が言うと、神様は床にあおむけになり、手足をバタバタさせた。

「やだー、やりたいやりたい。わしのこと楽しませて～」

「……でも、なんかこういうのって緊張するし」

神様は寝っ転がったまま、ぎろっと私をにらんで人差し指をこちらに向ける。

「お当番が終わらないと消えないよぉ、それ」

腕の文字のことをまた言っているのだ。なんだか腹が立ってきて、私もにらみかえす。脅してくるなんて、とんでもない神様だ。

「やるのー、チェコビーズ！」

神様はごろんごろんと体を床にローリングさせながらわめいた。ここは二階だ。下の階から苦情がきたら困る。

「わ、わかったから。明日の朝、お店が開く時間にすぐ電話してみるから」

神様はぴたっと動きを止め、へへぇーと笑った。そして突然勾玉になり、私の手のひらにすべりこんでいく。

私の左手首にはいつのまにか、ブルーと一緒に、神様がつけていたビタミンカラーのブレスレットもはまっていた。


翌朝、カフェに電話をしたら「最後の一席でしたよ、お待ちしています」と明るい声が返ってきた。席が空いていて良かったという安堵《あんど》感と、これで行かなくてはいけなくなったという焦燥感が混じって複雑な気持ちになる。

土曜日になっても神様は現れなかった。でも、神様当番の文字は色濃く残ってまだ消えない。私がちゃんとワークショップに参加して、神様を楽しませることができればお役御免になるのかもしれない。

ドキドキしながら訪れたカフェは、扉を開けるとすぐに店員さんが笑顔を向けてくれた。店の奥にテーブルをくっつけて広くスペースを取ってある。

「こちらでお待ちください」

早く来すぎたのか、ワークショップの参加者はまだ誰もいない。一番隅の席に座り、手持ち無沙汰にスマホをいじっていたらチリンと音がして扉が開いた。

そちらを見ると、見覚えのある顔と目が合った。

合コンで馬が欲しいと言っていた、あの「白馬」さんだ。白馬さんもすぐに私を認めてくれたようで、ぱっと笑顔になる。

「咲良ちゃん、だよね？」

「……うん」

すごい、私の名前を覚えてくれていた。嬉しいのに、私は白馬さんの名前がわからない。思わぬ偶然と気まずさに、とりあえず作り笑いを浮かべていると白馬さんは迷いなくすたすたとこちらに歩いてきて「隣、いい？」と笑った。

「あ、うん、はい」

白馬さんは私の横の椅子を引き寄せ、すごく自然な感じで話しかけてくれた。偶然だね、とか、家近いの？とか。

白馬さんは一駅向こうの実家暮らしなんだそうだ。私よりひとつ年上で、梨恵とは去年テニスサークルで知り合ったらしい。ひとり参加の心細さが一挙に解消されて、私は早くも「来てよかった」と思い始めていた。勇気出して、申し込んでよかった。

ほどなくして参加者が次々に入ってきた。全部で六人だった。一組だけ、ふたりで来ている人がいたけど、そのほかはみんなひとりだ。

講師の女性が来て、穏やかにワークショップが始まった。ただ黙ってもくもくと作業する人、始終にこにこして先生に体ごと向けている人、おしゃべりの多い二人組。みんなそれぞれにマイペースで、緊張する必要もなかったとわかった。

白馬さんは積極的に質問しながら、先生の言うことに「へえ！」とか「面白い」といちいち相槌《あいづち》を打っていた。

私はその隣でただうなずく。まずは、先端にビーズを留める「わ」を作るために、丸ペンチでワイヤーをまるめて巻き付ける作業だ。

手を動かしながら、ぼんやりと考えた。白馬さんって、いつもこんなふうに臆することなくアクティブなんだろうな。こういう人って、何やってもうまくいくんだ。今日だってきっと、すばらしく完成度の高いピアスを作り上げるんだろう。私の出来の悪さが際立ったらいやだな。

そう思いながら白馬さんの手元をチラ見して、ぎょっとする。

……ヘタだった。壊滅的に、ヘタだった。

逆にどうやったらそうなるのかと不思議になるくらい、ワイヤーが大きくいびつな形にひん曲がっている。

「うわ、咲良ちゃん上手だね！　どうやってやるの」

白馬さんが私のワイヤーを見て目を見開く。

「え、えっと、長いほうを一度直角に曲げる感じにするとうまくいくかも」

新しいワイヤーを取り出し、白馬さんは眉をしかめながら丸ペンチを動かした。

「うん？　直角？」

「それでそれで？」

「それで、こっちの短いほうに巻く感じで……」

「おおっ、できた！　ありがとう」

白馬さんは目を輝かせて喜んだ。私もなんだか、すごく嬉しくなった。

そのあと、ビーズを通してまたワイヤーをまるめたり、金具をつぶしたり、ニッパーでカットしたりと、白馬さんは細かいパーツに神経を集中させながら悪戦苦闘していた。はっきり言って、ぶきっちょだった。でもその工程のひとつひとつにいちいち驚きや感動をもっていて、そこにいる手先の器用な人たちの中で誰よりも楽しそうなのだった。

白馬さんの作ったピアスはお世辞にも上手とは言えなかったけど、彼女は大いに満足した様子で、わざわざ席を立って先生に見せに行っていた。

かわいいな、とその後ろ姿を見て私は思う。そして、うらやましいな、とも。

ワークショップが終わると、シフォンケーキとお茶が出た。

私は紅茶、白馬さんはコーヒーを飲みながら、ケーキをいただく。白馬さんは頰を紅潮させながら言った。

「ああ、楽しかったぁ。こういうアクセ作るのに、ペンチ使うなんて意外だった。アクセによくついてる指輪みたいなちっちゃい丸いの、あれ、マルカンっていうんだね。覚えた、うれしい」

白馬さん、アクセ作るの初めてだったんだ。私はおずおずと訊ねた。

「どうしてこのワークショップに参加しようと思ったの?」

「タウン誌見ててさ、『歴史あるチェコビーズ』ってその一言に惹《ひ》かれて。なにそれ、おもしろそう!って」

それだけで。ハンドメイドが好きとか、そういうんじゃなくて。

ワークショップのはじめに先生が説明した、チェコビーズは十三世紀のヴェネチアンガラスがルーツだという話を、白馬さんは熱心に聞いていたっけ。

「咲良ちゃんは?」

「私は……前にビーズのブレスレット作ったのを思い出して、またちょっとやりたくなって」

「そっか。上手だもんね」

私はちょっとこそばゆい気持ちになる。

「私なんてぜんぜん。他の人たちのほうが、ずっとうまかったでしょ」

白馬さんはシフォンケーキを口に運びながら「ええ?」と眉を寄せた。

「べつにここで競争しなくても良くない？」

　私はきょとんと白馬さんを見る。

　そうか。そうだよな。なんでこんなところで競おうとするんだろう。いや、競っているつもりはないけど、自分の位置づけ、ランクづけをする癖がすっかりついてしまっている。

「ちょっと、つけてみようっと」

　ケーキをすっかり食べ終えてしまった白馬さんは、バッグに手をつっこみ、ポーチから四角い手鏡を取り出した。

「ごめん、ちょっと持っててもらっていい？」

　渡された手鏡を白馬さんに向けながら、息が止まった。鏡の裏に、キユービックのステッカーが貼ってあったのだ。

「あの、これ……」

　白馬さんがピアスをつけ終わった頃合いを見計らってステッカーを指さすと、朗らかな声が返ってくる。

「あ、これ？　キユービックのシールなの」

「初回限定盤の特典だよね」

「え？　咲良ちゃんもサイコロさん？」

キュービックのファンのことを、六面体になぞらえて「サイコロさん」と呼ぶのだ。ファンの間の隠語になっている。

「うん、まあ」

「ええー、誰オシ？」

「たっちん……かな」

「ああ、たっちんいいよね。あの純粋さはもはや妖精だよね。私、ジロオシ」

ジロは、たっちんとはちょっとタイプの違うクールなモデル顔だ。蕗島次郎《ふきしまじろう》、通称ジロ。

「はあ、この世にあんな美しい男がいるとはね。出会ってしまったって感じ」

私は苦笑する。

「そうだね。でも出会ったたって言ったたって、コンサートのチケットはなかなか当たらないし、どうせ自分のものになんかならないし」

「そりゃだって、スターだもん。私たちにとっては月とか金星とかと同じだよ、あの人たちは」

白馬さんも笑いながらコーヒーを飲む。

「でもさ、月をじっと見てると、なんだか一対一で話せてる気がしてこない？　好きなものを、ただ好きだなあ、いいなあって見ていて幸せな気持ちになれるなら、それってもうじゅうぶん、通じ合えてると思わない？　だから私は、『私のジロ』がいるからいいの。ファンの数だけジロもたっちんもいるんだよ」

白馬さんのピアスが揺れる。窓から差す午後の陽があたって、クラシックなチェコビーズは絶妙な色合いで上品に光った。

ファンの数だけたっちんがいる。私のたっちんもいるってこと？

白馬さんは腕時計を見た。

「わっ、こんな時間。このあと英会話スクールなんだ」

どうしよう、私、白馬さんともっと話がしたい。

せめて……せめて名前だけでも聞いておかなくちゃ。

「キタガワさーん、さっき言ってたイベントのチラシ、あったわ」

先生が遠くから声を投げてくる。

「あ、はーい。じゃあね」

白馬さんは席を立ち、私に軽く手を振った。

……キタガワさんっていうのか。私はぬるくなった紅茶を飲みながら、扉から外に出ていく快活なショートヘアを見送った。

その夜は満月で、私はアパートのベランダからまんまるなお月さまを見上げていた。じっと見ていると、たしかに月も私を見ているような気がしてくる。私だけじゃなく、地球上にいる人間すべてがきっと同じような感覚になるのだと、あらためて不思議な気分になった。月はひとつしかないのに。

好きだなあ、いいなあって思うもの。ただ見てるだけで幸せになれるもの。

私は何が好きだっけ？

そう考えたところで、左腕がむずむずしてくる。また突然、神様がぽんと姿を現した。

「わし、あの子好き」

神様が嬉しそうに言う。あの子って、キタガワさんのことだ。

「うん、いい子だよね」

私が答えると、神様はベランダの柵に手をかけた。「チェコビーズも好き」と言いながら斜め懸垂をしている。

「あのカフェも好き。インテリアもおしゃれだったし、ケーキもおいしかった。また行きたい」

神様とふたり並んで、外を眺める。春の夜風が気持ちよかった。樹々の揺れる音が優しくて、星のまたたきがきれいだった。歩道に目をやると、ハチワレの野良猫が一匹歩いているのが見える。可愛い。

どれも何ひとつ私のものじゃないのに、私の中にしみていくみたいだった。常に私のそばにあったはずの、なんでもないこんな景色を見ているだけで、ちょっと幸せになれた。

神様もにこにこしていて、機嫌がよさそうだ。私は訊ねる。

「楽しいですか、神様」

「まあまあ」

神様は首をかくんと横に倒す。まあまあ、か。もう少しなのか。そう簡単にお当番は終わらないみたいだ。

でもコツがつかめた気がした。あと一歩で、神様を楽しませることができるかもしれない。

月曜日の午後三時半、私は自分の席でエクセルを操作しながらチョコレートドーナツを食べていた。

チョコレートを練りこんだ生地に、さらにチョコレートソースがかかっていて、追い打ちをかけるようにスライスナッツがトッピングされている恐怖のハイカロリー・

スイーツ。いつもは横目で見るだけのダイエットの敵に、私はかぶりついている。

さっき私がお使いの帰りにコンビニに寄ったのは、眠気覚ましのミントタブレットを買うためだ。ふとよぎったいやな予感が的中し、左手が勝手にドーナツをつかんだ。制止なんてきくはずもない。左手はレジ台にドーナツを置くとソツなくICカードで支払いをすませ、今は、器用に片手で袋を開けて私の口にドーナツを運んでくる。

仕方ないなあ、もう。食べちゃうじゃないの。

古村部長がやってきて、真顔で「おいしそうだねぇ」と言った。相変わらずイヤミな言い方。仕事中にオヤツを食べるなんて非常識だと揶揄《やゆ》しているに違いない。

私は「すみません」と謝りながらドーナツをほおばる。やってることと言ってることがちぐはぐだ。

「糖分補給も大事だよな。あとでいいからさ、これ経理に出しといて」

古村部長は平たく言い、書類をぽんと私のデスクに置いた。

私は「はい」と答えてドーナツを食べ終わり、きりのいいところまでエクセルを進める。

古村部長の言うことも案外的外れではなかったようで、糖分補給したせいか、なんだか頭がしゃきっとしてエクセル作業がずいぶんはかどった。ミントタブレットより効率がいい気がする。

太るとかニキビできるとかって、今まで甘いものは我慢してたけど、たまには楽しんでもいいのかも。

なんか、元気出るし。おいしくて気分も満たされたし。古村部長も、もっとブチブチ言ってくるかなと思ったけどそうでもなかったし。

私は仕上がったエクセル表を保存すると、書類を持って席を立った。

いつもいる五階から二階の経理部に向かう。エレベーターでユイちゃんと一緒になった。

「あ、ユイちゃん」

軽く声をかけた私にユイちゃんは、なぜだか、ちょっとだけこわばった笑みを見せる。他に誰も乗ってこないのを確認すると、ユイちゃんは早口で衝撃的なことを言った。

「あのね、咲良ちゃん。私、今月いっぱいで退職するの」

「……え」

「ずっと、テキスタイルデザイナーになりたくて。夜間のデザインスクールに通ってたんだけど、そこの先生の紹介で、デザイン事務所を手伝うことになって」

「え、え、え？」

「いろいろありがとうね。送別会とかはしないでほしいって、部長に言ってあるから。

でも最後の日は、一緒にランチしよう？」

わけもわからず「う、うん」とだけ答えると、三階に着いた。ユイちゃんは逃げ出すみたいにエレベーターを出る。総務部があるフロアだ。

……………………………………えーと。

ぽっかり口を開けたまま、二階に着いたらしい。

ドアが開く前の「チーン」という音が、なんだか妙にせつなく響いた。

ユイちゃんが職場からいなくなる。

帰宅後、買ってきたコロッケ弁当をテーブルに置くと、私はベッドに倒れこんだ。

あーあ。

エレベーターの中の、あのほんの数十秒のことを思い出す。口早に伝えてきたユイちゃん。開いた扉から去っていった後ろ姿。ぽろっと涙がこぼれた。すると左腕がむずむずしてくる。ぽん。

「……………さびしーい」

出たな、神様。

なんとなく現れる予感があったので、私は驚かなかった。

神様も私の隣でつっぷしている。

「五月からどうすればいいの、わし」

「どうしようもないよ。転職することなんて、ユイちゃんの自由だもん」

そう思う。そう思うんだけど、応援できない自分がいる。

ユイちゃんが会社を辞めちゃうことはもちろんつらいけど、正直、たまに想像していた不安だったからそれはなんとなく覚悟ができていた気がする。

私がこんなに、こんなにショックなのは。

エレベーターで乗り合わせたあのわずかな時間で、退職なんて一大事を告げられたこと。

知らされるのが、古村部長よりも後だったってこと。

ユイちゃんが私と仲良くしてくれたのは、単に職場が同じで同世代が他にいなかったからかもしれない。テキスタイルデザイナーを目指していたことも、デザイン学校に通っていたことも、何ひとつ聞かされていなかった。

友達って思ってたのは、私だけだったんだ。

神様はすっと体を起こし、ベッドの上に座り込んだ。

「ユイちゃん、嫌い」

「……やめて」

嫌い。嫌い嫌い嫌い。低く唸《うな》るようにつぶやく神様の声。

私は耳をふさぐ。

なのに、しゃべり続ける神様の声ははっきりと聞こえてくる。

「あんな優しいふりしてさ。腹の中で何考えてたんだろうね」

「黙って」

「結局、その場限りのお義理だったんじゃないかぁ」

神様は、わあわあと泣き出した。

「ねえ、お願いだからやめて、神様」

「ユイちゃんばっかりずるい！　可愛くて結婚してて好きな仕事してっ」

「わかったってば！」

私はガバッと体を起こし、神様をぎゅっと抱きしめた。

両腕で、力をこめて強く、強く。

そうだよね。つらいよね、神様。

今までなんにも教えてくれなかったなんてひどいよ、ユイちゃん。あんなにいつも一緒にいたのに。

私はユイちゃんが好きだったのに。大好きだったのに。

でもわかってる。私は、本当はわかってる。

たとえただの同僚に対するつきあいだったとしても、ユイちゃんはいつも親切だった。私がうっかりミスをしても周囲が気づく前にさっとフォローしてくれたし、先輩に濡れ衣を着せられたときは必死でかばってくれた。大変な作業も、ユイちゃんと一緒なら笑って乗り切れた。ユイちゃんがいてくれたことで、どんなに助けられたかしれない。

「よしよし。よしよし」

私は神様の背中をなでた。大声で泣きじゃくっていた神様は次第におとなしくなり、ぽてっと私の胸に頭をあずける。

私がユイちゃんをどう思おうと自由だ。それと同じように、ユイちゃんが私をどう思っても自由なんだ。

ユイちゃんに憧れていた。親友になりたかった。でも、こんな私じゃなれないこともわかっていた。だから私だって、その卑屈さをもってユイちゃんに自分の話なんてろくにしてこなかったじゃないか。距離を作っていたのは、私だって同じじゃないか。

私はゆっくりと神様に話しかけた。

「……ユイちゃん、夢を叶えるためにがんばったんだね」

神様は黙ったままこくりとうなずく。私は続ける。

「やっぱりすごいよ、ユイちゃんって」

「うん……」

「心からスッキリと良かったねって言えるまでに、ちょっと時間はかかるかもしれないけど……せめて、ユイちゃんと一緒にいられる残りの日は、お互い気持ちよく過ごせるようにしよう。さびしいのも、感謝してるのも、どっちもホントだもの」

神様はもう一度、小さくうなずいた。そして私の胸元に涙をこすりつけ、すんすんと鼻をすったあと、しゅうっと小さな勾玉になって左手の中に入っていった。

「……また突然いなくなるんだから」

私はちょっと笑った。

神様当番の文字は、いっこうに消える気配がない。でもそのこととは別に、あのわがままな神様を楽しませたいという想いが芽生えていた。

ベッドから降りて、お湯をわかす。

お茶を淹《い》れ、コロッケ弁当をつつきながら、さてどうしたものかと考えた。部屋を見回すと、チェストの上の小皿に置いたアクセサリーが目に留まった。チェコビーズのピアス。

神様が「あの子好き」と言っていたのを思い出す。

……キタガワさん。

コロッケを咀嚼《そしゃく》しながら、スマホを手に取った。

そうだ、どうして思いつかなかったんだろう。あの合コンに来ていたキタガワさんは、梨恵の友達だ。フェイスブックの梨恵の友達をたどれば、つながっているかもしれない。

私は箸を置き、久しぶりにフェイスブックのアプリを立ち上げた。

ざっとタイムラインをスクロールしたら、梨恵をたどるまでもなく「知り合いかも」のところにキタガワさんらしき人が現れた。喜多川葵《きたがわあおい》。どこかの山頂でピースサインをしているその写真は、まぎれもなく彼女だ。

その画像の下で「友達になる」というブルーのボタンが手招いている。

友達、かあ。

いったん、スマホをテーブルに置いて考える。

私は自分からフェイスブックの友達リクエストをしたことがない。それどころか、ごはんを食べようとか、映画に行こうとか、こちらから誰かを誘ったことはたぶん一度もない。

自分から誘わないのは、ひとえに断られるのが怖いからだ。もしくは、断られないまでも本当はイヤイヤＯＫなんじゃないかと不安だからだ。

知り合いかも。

うん、そうだ。キタガワ……喜多川さんとは、知り合いかも。

それが、ブルーのボタンを押すことでそんな簡単に「友達になる」ことなんてできるんだろうか。人の気持ちって、人間関係って、そんなにシンプルなんだろうか。今回のユイちゃんとのことみたいに、どっちかが片思いのうわべだけの関係がいっぱいあふれてるんじゃないか。

待てよ、と私はスマホを手に取り直す。

私のタイムラインに喜多川さんが出てくるということは、彼女のほうにも私が「知り合いかも」で登場しているってことだ。咲良って名前は覚えていてくれてたし、共通の友達が梨恵になっているから、喜多川さんがその気ならあっちから友達リクエストをしてくれるかもしれない。そしたら私は喜んで承認ボタンを押して、一粒の不安も持たず友達になれる。

私はうなずいてまたスマホを置き、箸に手をかけた。

……でも。

でも私、またこうやって、待つのかな。

合コンでもワークショップでも、私はただ話しかけられるのを待っていた。

楽しいことを、運が回ってくることを、ずっとずっと動かずに待っていた。

このまま待つの？　誰の名前も、覚えようともしないで。

私はひとつ深呼吸をして、スマホを持ち上げた。

「友達になる」のボタンを押し、メッセンジャーを開く。そしてそっと、メッセージの書き込み欄に人差し指をあてた。


こんにちは。

先日、チェコビーズのワークショップでご一緒した水原咲良です。

よかったら、友達リクエストの承認お願いします！


五回、読み返した。過不足なし。

息を止めて、えいっと送信した。

左手にやらされたんじゃなく、右手で、自分の意志で。

ふうーっと胸に手をやる。

こういうときに神様の顔を見たいのに、どこ行っちゃったんだ。

送ってから私はまた、そのメッセージを何度も読み返した。どこも、相手を不快にさせるところはないよね。いや、でもやっぱり、リクエスト自体がずうずうしいって思われたかな。無視されたらツライな。喜多川さん、私に返事する前に梨恵に何か言うかな。

後ろ向きな妄想はただむくむくとふくらみ、私は耐えられなくなってメッセンジャーを閉じた。

気を取り直してお弁当の続きを食べ始めたところで、通知音が鳴る。びっくりして箸を落とした。

おそるおそるメッセンジャーを開くと、果たして、喜多川さんからだった。

咲良ちゃん、友達リクエストありがとう!
私も、連絡先を聞いておけばよかったなぁって思っていたので嬉しかったです。
もしよかったら、木崎《きざき》先生のハンドメイドイベント、一緒に行きませんか。

胸の空洞があたたかなものでぶわっと満たされて、体じゅうの力が抜けた。

返事、くれた。それどころか、こんなに好意的に誘ってくれた。

「やったぁ」

左腕が疼《うず》いたあと神様がぽんっと現れ、ぴょこぴょこ足踏みする。そして、フィギュアスケーターみたいに一回まわって、くるんと左手に戻っていった。


木崎先生の……つまり、ワークショップで講師をしていた先生のイベントは、あのとき喜多川さんが受け取っていたチラシにあったもので、デパートの特設会場でいろんなハンドメイド作家さんが出店しているわりと大がかりな催《もよお》しだった。アクセサリー、お菓子、革小物、イラスト。工夫をこらしたディスプレイが並び、お客さんもたくさん集まっている。

最初に木崎先生の「店」に行き、喜多川さんはゴージャスなネックレスを買った。少し先生と話したあと、他のブースをひとつひとつ見ていく。

「どれもかわいいねぇ、大盛況」

喜多川さんがきょろきょろしながら言った。

「自分の作ったものを、こんなふうに売れたら楽しいだろうね」

私が言うと、喜多川さんは「楽しいね、絶対」と大きくうなずく。

一時間ぐらいかけてひととおり会場を回り、私たちは二階にあるフルーツパーラーに移動した。美しいスイーツたちは私が普段夕ご飯にしているスーパーのお弁当よりも値が張ったけど、大好きな友達と一緒に食べるのならぜんぜん高いと思わなかった。

喜多川さんは苺《いちご》サンデー、私は桃のムースを頼む。それを待ちながら、互いの「戦利品」をテーブルに並べた。

迷った末に買った、ステンドグラス調のフォトフレームを私はそっと取り出す。やっぱりステキ。包みの中にショップカードが入っていて、これを作ったガラス職人のプロフィールが簡潔に載っていた。ガラスの魅力にとりつかれ、三年間会社員をしたあと、ガラス工房に弟子入りとある。ユイちゃんを思い出して私はため息をつく。

「好きなことを仕事にするっていいなあ。そういうことができる人って、本当にうらやましい」

喜多川さんは「うーん」と首をひねる。

「まあ、それはそうだけど。でも、逆の発想で仕事に好きなこと見つけるのも楽しいよ」

私は顔を上げた。

「喜多川さんはなんの仕事をしてるの」

「葵でいいってば」

そう言われてもすぐには変換できない。

「じゃあ……葵さんは、なんの仕事を」

葵さんはちょっと鼻をくしゅっとさせた。「さん」が気に入らないのかもしれない。それでも私の質問には答えてくれた。

「電気工事の会社で事務やってる。社員八人の小さい会社だよ」

それを聞いて意外に思った。勝手な想像だけど、大企業に勤めているとか、何かのスペシャリストとかかなと思っていたのだ。

でもその気持ちの安っぽさに、すぐ気がつく。会社が大きいか小さいかなんて、そのことと彼女が充実しているかどうかはまったく関係ないし、自分と同じ事務だからってなんだかほっとしてる私って何なんだろう。本当に愚かだ。

「あー、私ってダメだなあ……」

私がひとりごちてうなだれると、葵さんはちょっとだけ視線を泳がせた。

「咲良ちゃんの何がダメなのか、よくわかんないけどさ。でも、自分のことダメだなあって反省できるのって、いいことだよ。周囲があきれてるのに気づかないで、自分は何も間違ってない、絶対正しいんだって思い込んでるほうが憐《あわ》れだよ」

そこにスイーツが運ばれてきて、葵さんは待ちきれなかったようにアイスクリームをつつきながら言った。

「うちの社長、ちょっとそういうところあるかも。いっつもえらそうにしててさ」

親近感を覚えて、私は身を乗り出す。

「私のところの部長もイヤミばっかり。葵さん、上司に腹が立ったとき、どうしてる?」

葵さんはスプーンをくわえたままニッと笑った。

「ひそかに、かわいいあだ名をつける」

「あだ名?」

「うん。社長の名字、福永《ふくなが》っていうんだけど、いつもプンプン怒ってるから、心の中でぷんぷくちゃんって呼んでるの。頭くるーっていうときはね、もう、ぷんぷくちゃんはしょうがないなあって」

私は吹き出した。かわいいあだ名。古村部長だったら、なんてつけたらいいんだろう。

葵さんはほんの少し遠くを見ながら、ふっとやわらかくほほえんだ。

「そうするとさ、不思議とおおらかな気持ちになれるんだよね。ああ、この人、この会社を必死で築き上げたんだろうなって。奥さんが経理担当してて、週三回くらい会社に来るんだけど、風邪ひいたときに社長がおかゆ作ってくれた話なんか聞いちゃうとね、根はいいとこあるんじゃんって。彼の優しさを受け取る人がひとりでもいるなら、それが私じゃなくても、ぷんぷくちゃんがこの世界に存在しててよかったなって思うんだ。毎日顔合わせる人を全否定しても、自分がつまんなくなるだけだしさ」

自分がつまんなくなるだけ、か。

私、今までずっと、自分で自分をつまんなくしてた？

私はぐいっと葵さんに顔を寄せた。

「さっき言ってた、仕事に好きなことを見つけるって？」

「たとえば私、コピー頼まれたときに、一ミリのズレもなく複写してみせるぞ！って燃えるね。あら、どっちが原本だったかしら、っていうくらいに。あと、お茶なんかもね。時節柄、取引先のお客さんにはだいたい冷たい麦茶出すけど、この人は夏でもホット派だったよなと覚えてて温かいの出したらすごく喜ばれたりとか」

「……なるほど」

「それと、給湯室のタオル。キュービックってメンバーカラーがあるじゃん。その日の気分で、今日はジロのパープル、明日はたっちんのグリーン、とか思いながら選んでるの。キュービックと一緒に働いてるみたいで超楽しい」

うきき、と葵さんは歯を見せる。

「いいね。取り柄のない私でも、それならできそう」

私がムースをすくいながら言うと、葵さんは真顔を私に向けた。

「大げさかもしれないけど、人生って、単に楽しいからやるって、それが一番の決め手だよ。意味があるとか、お金になるとかはその次でさ。自分自身に何かの取り柄や才能があるかどうかもあんまり関係なくて、この世をおもしろがれる力のほうがうんと大事だと思う。そんなふうに過ごしてるうち、本当にやりたいことがわかってくるんじゃないかな」

葵さんは私から視線を外し、サンデーに目を落とす。

「私もまだ、心が震えるほどやりたいことって見つかってないんだ。でもきっと私にもあるはずなの。もっか探索中」

苺をひとつ口に放り込み、彼女はいたずらっぽく笑った。

数日後、「資料室に運んでおいて」と古村部長に小型の段ボール箱を渡された。分厚いカタログがたくさん入っているらしく、重い。力仕事でもおかまいなしだ。

「てきとうに置いといてくれればいいから」

三階の総務部から台車を借りてきて五階まで戻り、箱を載せて資料室のある地下一階に向かう。めんどくさいな、と思いながら、この作業に何かおもしろみはないものかと考えてみたけど難しい。古村部長の「かわいいあだ名」も、なかなか思い浮かばなかった。

資料室のカギを開け、中に入る。ポスターやらファイルやらカタログやらが、あちこちで乱れていた。みんなが「てきとうに」置いていった結果がこれだ。

これ、床に直置《じかお》きでいいんだろうか。鉄製の棚の隅に、かろうじて箱が置けそうなスペースを見つけ、腕に力を集中させて台車から移す。完了。

急ぎの仕事は特にない。ちょっとだけここでさぼっていこうかなと、私は資料室を見回した。

書棚に古びた本がある。

なんとはなしに『目的で探す・書体見本一覧』というタイトルの大型本を抜いた。開くと、いろんな書体が載っている。

私は左腕の長袖を引っ張り、いまだ消えない「神様当番」の文字を本と見比べてみた。どうやらこれはモリサワというメーカーの「ゴシックＭＢ１０１Ｂ」という書体らしかった。

へえ、面白い。モリサワって誰かの名前なのかな。書体に名前があることくらいは知っていたけど、こんなふうに一覧になっているのを見るとそれぞれに命が宿っているように感じる。

私は少しの間、その本をめくり、棚に戻した。

それにしてもぐちゃぐちゃな本棚だ。もっとこう、高さを合わせるとか、ジャンルを揃えるとかしたらいいのに。

私はタイトルに「書体」とついた本をいくつか抜き出し、まとめた。そうしたらとたんに、弾みがついた。「デザイン」「カラー」「グラフィック」と、どんどん項目に分けて床に置いていく。

分別がすむと、カテゴリーごとに棚に並べた。我ながら、ぐっと見やすくなって爽快だった。あ、楽しい。そう思った。誰にも頼まれてないけど。誰にも褒められるわけじゃないけど。一円にもならないけど。この世をおもしろがるのって、こんな小さいことからでも充分いいのかもしれない。

もう戻ろうと、台車の持ち手を握りかけたらドアが開いた。

「水原さん、いる？」

古村部長だった。まずい、さぼっていたから怒られる。

「す、すみません」

思わず謝ると、部長は眉間に皺を寄せた。

「よかった、遅いから心配したよ。資料室、荒れてるからさ。本棚の下敷きにでもなってるんじゃないかと思って」

「大丈夫です、すみません」

もう一度謝る。相変わらずニコリともしない、古村部長。

その顔を見ていたらバス停のおじさんを思い出して、はっとした。この表情をイヤミだととらえることは簡単だけど、でも、違うんじゃないか。きっと私がそういう色眼鏡で見ていただけだ。本当に心配してくれてるんだと気がついて、じんとした気持ちになった。今までだって、私の過剰な被害妄想だったこともあるのかもしれない。

古村部長はふと書棚に目をやり、「おお？」と首を前に突き出した。

「すごいな、見やすくなってる。え？　水原さんがやったの？」

「……なんか、ちょっと気になって」

「へえ、ありがとう」

部長はストレートにそう言い、私がさっき見ていた『目的で探す・書体見本一覧』を手に取ってパラパラめくった。

「この本、入社したとき自分で買ったな。いろんな活字見てるだけでワクワクして」

「モリサワって、誰かの名前なんですか」

私が問うと、古村部長は本から目を離さずに答える。

「株式会社モリサワの創業者、森澤信夫《もりさわのぶお》の名字だよ。日本で初めて写植を発明した人なんだ。ああ、水原さんは若いから写植って知らないかな、今はなんでもデータであっさりやりとりするけど、ほんのひと昔前まで活字は……」

それから古村部長はしばらくの間、活字における印刷技術の歴史とうんちくを興奮しながら語った。好きなんだ、印刷の世界が。こんなに生き生きとした古村部長を見たのは初めてで、急に親近感を覚えた。

「活字は、活字は」と熱弁する古村部長を見ていたら私は楽しい気分になり、「カッジー」というあだ名を思いついて悦に入《い》った。そうか、葵さんが社長に「ぷんぷくちゃん」と名付けたのって、こんな感じなのかもしれない。反りの合わない上司を全否定するんじゃなくて、どこかに親愛の情を込めているんだ。

古村部長は本を閉じ、私に顔を向けた。

「高木《たかぎ》さん、辞めちゃうだろ。送別会しようって言ったんだけど、断られちゃって。夢に向かっていく門出だから、お祝いしたかったんだけどな」

高木さんってユイちゃんのことだ。私はただ唇の端を上げて相槌を打つ。

「でも、水原さんとお別れするのだけがさびしくて、泣いちゃいそうですって言ってたよ。何度か切り出そうとしたけど、つらくなっちゃってって。仲いいもんな、君ら」

声が出なかった。

ユイちゃんが、そんなこと言ってたなんて。

あのエレベーターでの報告に、そんな気持ちが隠されてたなんて。

もしかしてユイちゃんも、ぶきっちょさんか。私は涙がこぼれないように上を向いた。

「さて、戻るか」

古村部長に促され、私は台車の持ち手をぎゅっと握りしめる。

ハンドメイドイベントで買った、あのきれいなステンドグラスのフォトフレーム。

社員旅行のときにユイちゃんとふたりで撮った写真を入れて、最後のランチでプレゼントしよう。


ゴールデンウィークの最終日、快晴。

フリーマーケットの会場になっている広場は、大勢の人でごったがえしていた。

「咲良ぁ。これ、他の色ありませんかって」

接客をしていた葵ちゃんが、私の作った赤いビーズの指輪を掲げている。

私は箱の中からストックを取り出す。予想外に売れ行きが良くて、並べるたびにはけていくので小出しにしていたのだ。

私の思いつきで提案したフリーマーケット出店に葵ちゃんはものすごく乗ってくれて、そこからは毎日のようにやりとりしながら準備した。葵ちゃんは家に眠っていた不用品をきれいにして、私はビーズアクセをできるだけたくさん作った。

そして、ふたりのお店として「ＳＡＳＡ」という名前をつけた。咲良のSと葵のAだ。百均でSとAのスタンプを買ってきて、値札や商品を渡すときの紙袋に押した。そんなふうにアイディアを出し合うだけで、ものすごい高揚感を覚えた。そんなことする必要はないけど単に楽しいって、それが私たちにとって一番大事なことだった。

「白と青があります」

私はビーズの指輪をトレイに載せて、お客さんのところに歩み寄った。高校生ぐらいのカップルだ。清楚なワンピースの女の子と、一眼レフのカメラを肩からかけた細身の男の子だった。

私は女の子にトレイを差し出す。

「はめてみますか？　ゴムのテグスなので、サイズも大丈夫だと思います」

葵ちゃんとお揃いの半袖Tシャツから伸ばした私の左腕には、何も書かれていない。フリーマーケットをやろうというラインを葵ちゃんに送り、何往復かしたあと、スマホを閉じたら腕の四文字が消えていることに気がついたのだ。

ようやく神様に満足してもらえたのだろう。どうやら、お当番は終わったみたいだ。

なんだかちょっとだけ寂しくて、そしてちょっとだけ誇らしかった。

カップルの女の子は白い指輪を選び、自分の右手の薬指にそっとはめた。彼女の細い指に、それはとてもよく似合っていた。手をぱっと広げ、輝きを確かめるように空にかざしている。

「気に入ったの？」

男の子が訊《き》く。女の子は、はにかみながら控えめにうなずいた。

「じゃあ、これください」

男の子がジーンズのポケットから財布を取り出す。

ちょっとうつむいている女の子が嬉しそうで、そんな彼女を見ている男の子はもっと嬉しそうで、私は思わず笑みをこぼした。今ここにいる四人の中で一番幸せなのは、間違いなく私だった。私の作ったあの指輪が、こんなにハッピーな贈り物になるなんて。

若いふたりは、ささやくように会話しながら店を後にする。男の子は、人混みからさりげなく女の子を守っていた。

「ねえ、葵ちゃん。私、やっぱり白馬の王子様とも出会いたいよ」

私が言うと、値札をつけ直していた葵ちゃんは聞き取れなかったようで、「なんか言った？」と聞き返してきた。

「なんでもない」

私は笑って首を振る。

でも、王子様に迎えに来てもらうんじゃない。私も自分の馬にちゃんと乗れるようになりたい。

並んで乗るんだ、それぞれの馬に。そしていろんなところに行くんだ。時々、別行動でお互い好きなところに行って、どこかで待ち合わせたりするのもいい。

私を楽しませるのは私。

順番なんて、もう待たない。

自分から世界に参加していこう。腕を伸ばして、この手でしっかりとつかんで。

二番

松坂千帆

（小学生）

スグルが生まれたときわたしはまだ三歳で、その頃のことはよく覚えていない。産院からお母さんがスグルを連れて家に戻ってきた日、わたしは、それはそれはもう大変に喜んだらしい。ピアノ教室のお稽古バッグにスグルを入れて持っていこうとしたというエピソードをお母さんは大好きで、何万回も話してくる。だけどわたしはそんなこと、きれいさっぱり忘れてしまった。気がついたら、弟がいた。実際のところそんな感じだ。

「勝」と書いて「すぐる」と読む。やせっぽちで、頭がわるくて、へろへろしてる弟。スグルが誰かに勝っているところなんて、わたしは見たことがない。完全に名前負け。

ゴールデンウィークが明けた先週の金曜日、学校行事で春の学習遠足があった。わたしたち六年生は日光《にっこう》、三年生のスグルは江《え》の島《しま》に行った。家に帰ったらスグルが木刀を抱えていて、「お土産屋で最後の一本だった」と嬉しそうに自慢してきた。夜も布団に入れて一緒に寝たらしい。そういえば日光でも木刀を買っている男子がたくさんいた。どうして木刀なんだろう。男の子って理解不能だ。

今朝は今朝で、スグルは朝ごはんも食べずに庭で「たあーっ！」と奇声を上げながら木刀を振り回している。晴れた月曜日の朝、庭に植えられた細い桜の樹は青々とした葉を茂らせ、紫陽花《あじさい》の若いつぼみが花を咲かせる準備を始めた。おじいちゃんが縁側に立ち、スグルを見て「元気、元気」と楽しそうにうなずいた。

ここは、お父さんが生まれ育った古くて大きな平屋だ。おじいちゃんとおばあちゃんが住んでいるこの家に、わたしたち四人家族は四月から七月までの四カ月間、同居することになった。わたしたちの家はここから車で十分ぐらいのところにある一軒家だけど、老朽してきたキッチンの修繕をきっかけに、いろんなところをリフォームして増築しようとお父さんが決めたのだ。

わたしが来年、中学生になるから、このタイミングで部屋を増やすという。これまでスグルと同じ部屋でいやだなあってずっとずっと思っていたから、わたしはものすごく嬉しかった。

この家にはたくさん部屋がある。わたしはおばあちゃんにお願いして、なんとあこがれの一人部屋をあてがってもらった。普段は荷物置き場にしている六畳の和室で、段ボールの箱や衣装ケースなんかもあるけど、いつも練習用に使っている小型のピアノも運んでもらって、わたしは大満足だ。戸の外に「千帆《ちほ》」って厚紙で表札を作って貼ったのを見て、おばあちゃんは「千帆の間だね」と笑った。

スグルはお父さんとお母さんと広い和室に寝ている。お父さんは仕事が忙しくていつも帰りが遅いから、スグルだけたまにおじいちゃんやおばあちゃんの部屋に行っているらしい。そんなときは、布団にもぐりこんでふざけている声が聞こえてくる。

家の前を通りかかった近所のおばさんが、塀の向こうから庭をのぞいてちょっとほほえんだ。おじいちゃんはおばさんに会釈しながら、誇らしげな笑みをこぼす。

「このままずっと、うちで暮らしてもいいぞ」

おじいちゃんは目を細めてスグルに言った。スグルは聞こえないようで、見えない敵と戦うのに夢中だ。

「お姉ちゃん、バス停に行く途中にポストがあるでしょ。これ投函《とうかん》しておいてくれる?」

お母さんがそう言って、はがきを二枚、わたしによこした。

この家から学校に通うとなると歩くのは大変で、わたしとスグルは先生から許可をもらってバス通学をしている。この四カ月だけのことだ。最初「スグルと一緒に行ってやってね」とお母さんにたのまれたけど、わたしは待ちきれなくていつも先に出る。「坂下」というバス停から、七時二十三分のバス。もう一本あとの三十八分だと、ぎりぎりなのだ。ぐずぐずしているスグルに合わせていたら遅刻してしまう。

「あー、腹へった」

スグルが縁側から居間に入ってきた。食卓のハムエッグがすっかりさめている。座布団の脇に木刀を横たえ、スグルは箸を手に取った。

お母さんがスグルの前にごはんのお茶碗《ちゃわん》をトンと置く。わたしは食べ終わった食器を重ねながら訊ねた。

「なんで男子って木刀が好きなの」

「無敵になれそうじゃんか」

ごはんが湯気をたてている。スグルは畳の上に出しっぱなしの漢字練習帳を指さした。

「それに、おれの名前に『刀』って入ってるしさあ」

汚い字で乱雑に書かれたスグルの名前。わたしは首をひねりながら、「勝」という文字に「刀」を探した。

「……スグル。それ、力だよ。刀じゃないよ」

「えっ、うそ！　そうなのかあ、今知った」

ぎゃはは、とスグルは笑った。わたしはあきれて黙り込む。自分の名前なのに。

わたしは立ち上がり、食器を台所に運んだ。もう学校に行こう。

「あっ、そうだ、ねえちゃん！」

去ろうとしているわたしに、ハムエッグを口に入れたままスグルが言った。

「鼻くそってハムの味がするって知ってる？」

――最低。最低最悪だ。

「知らなくていい、そんなこと！」

わたしはドンドンと床を蹴りながら叫んだ。こんな弟、ホントにやだ。バカで汚くて、遊び相手にもならないし、まったくしょうもないことばっかり言って。

縁側にいたおじいちゃんが、食卓に向かいながらのんびりと言う。

「仲良くせんか。おまえたち、ハラカラなんだから」

「ハラカラ？」

初めて聞いた言葉だ。わたしがきょとんとしていると、おじいちゃんは座椅子にゆっくり腰を下ろした。

「同じ腹から出てきた輩《やから》っちゅうことだな。兄弟姉妹、同胞のことよ」

お母さんは、今度はおじいちゃんにお茶を運んできた。お茶をがぶりと飲んで、おじいちゃんはハッハッハと笑った。


バス停に着くと、高校生のお兄さんとOLっぽいお姉さんが立っていて、わたしは三番目に並んだ。そこにスーツのおじさん、それから、外国人の男の人がやってくる。七時二十三分の、いつものメンバーだ。お互いに顔なじみになっているけど、みんな何も言わずにバスを待つ。

ちらっと、隣にいるお姉さんを見る。七分袖のふわっとしたブラウスに、かわいいビーズのブレスレット。おしゃれだな。でも、わたしは知ってる。お姉さんはおとなしそうだけど勇敢なんだ。バスの中で、寝たふりして優先席に座り込んでいるスーツのおじさんをせっついて、妊婦さんに席をゆずらせたのを見たことがある。すっごくカッコいいって思って、それからこっそりあこがれているんだ。

わたしにもお姉ちゃんがいたらよかったな。いろんなこと教えてもらったり、相談にのってもらったりして。

長い坂の上からころころとバスがやってきて、わたしたちはみな、黙ったまま車体に乗り込んでいった。

小学校から一番近いバス停で降り、通学路を歩いていると同じクラスの美波《みなみ》ちゃんに会った。この四月から小学校に上がったばかりの、妹の麻波《まなみ》ちゃんと手をつないでいる。六年生と一年生だと身長差も大きくて、美波ちゃんはまるで小さなお母さんみたいに、ちょっと腰をかがめるふうにして麻波ちゃんに何か語りかけていた。こんなに仲のいい姉妹も珍しい。

「あ、おはよう、千帆ちゃん」

美波ちゃんが笑顔を向けた。麻波ちゃんもにこっと小首をかしげる。その小さな体には、ランドセルはすごく大きく見えた。

麻波ちゃんの提げているサブバッグに見覚えがあった。アニメキャラクターの魔法少女アミリーがプリントされている、前に美波ちゃんが使っていたやつだ。わたしの視線に気づいたらしい美波ちゃんは、ああ、とほほえんだ。

「麻波が欲しいっていうから、あげたの。わたしはもう少し大きいの買ってもらったから」

なるほど、美波ちゃんは赤いギンガムチェックのキルトバッグを持っている。これもいずれ、麻波ちゃんにあげるのだとたやすく想像できた。

「もらったのー」

麻波ちゃんはサブバッグをわたしのほうに掲げた。「おさがりなんかイヤだ」とはちっとも思わないのだろう。大好きなお姉ちゃんからそのバッグを受け継いで、心底嬉しそうだった。

美波ちゃんはいいなあと思う。わたしだって、こんなかわいい妹にだったらきっと優しくできる。一緒にお人形で遊んだり、リリアン作ったりして。少女漫画を一緒に読んだりして。使わなくなったバッグや着なくなった洋服を、妹がこんなに喜んでもらってくれるなんて最高だ。それまで持っていたものを妹にゆずるとき、お父さんやお母さんだって姉の成長に気づくに違いない。

去年のクリスマス、何が欲しいか訊かれたので「腕時計」と言ったら、お父さんが買ってきてくれた。お父さんには申し訳ないけど、箱を開けてちょっとがっかりした。

どぎついピンクの文字盤で魔法少女アミリーが笑っていたのだ。たしかにわたしも三年生ぐらいまではアミリーが好きだった。でも今のわたしが欲しいのはキャラクターグッズじゃなくて、淡いピンクのエナメルバンドがついた大人っぽい腕時計だ。あらかじめ雑誌に載っていたのを見せたはずだったのに、お父さんには「ピンク色の腕時計」という印象しか残らなかったらしい。

お父さんはまるでわかってない。わたしのこと、まだ小さな子どもだと思っている。ピアノ教室に行くときに仕方なくそのアミリーの腕時計を使っているけど、スグルに受け継がれる日は絶対こない。

三人で歩道を歩きながら、わたしは訊ねた。

「美波ちゃん、麻波ちゃんが生まれたときのこと、覚えてる？」

「うん、覚えてるよ。生まれた次の日、病院に行ったらすやすや寝ててね。天使みたいに見えた」

天使。天使かあ。

覚えているかぎり、スグルが天使に見えたことなんかいっぺんもない。

美波ちゃんは、いつくしみに満ちたまなざしを麻波ちゃんに向けた。

「でも赤ちゃんのときだけじゃなくて、麻波はずっとかわいいよ。私にとって最高の妹だなって、思うんだ」

わたしは愕然とした。この差はなんだろう。

わたしなんて今朝、スグルのことを最低最悪の弟だと思ったばっかりなのに。

黙っているわたしの心中をどう受け取ったのか、美波ちゃんはまるでフォローするように言った。

「千帆ちゃんにだって、かわいい弟がいるじゃない」

いったい誰のことを言ってるんだろう。かわいい弟なんて、どこにいるんだろう。

この清らかな姉妹には、鼻くそがハムの味なんて話、生涯無縁に違いない。

「まあね」

わたしは軽く受け流して、運動会の話題に変えた。

火曜日。

朝、バス停には一番乗りだった。まだ誰も来ていない。

バス停が見えてきたとき、コンクリート台のところに何か置いてあることに気がついた。見覚えのあるもののような気がして、走り寄る。

…………やっぱり！

雑誌に載っていた、ピンクのエナメルバンドがついた腕時計だ。わたしはどきどきしながら手に取った。

すてき。つやつやしたバンドもシルバーの針も、おもちゃ感がぜんぜんない。気高い輝きを放つその腕時計は、わたしの胸をうっとりときめかせた。こんなのを身につけたら、それだけで大人になれる気がする。

バンドの端に、「おとしもの」と、雑な字で書かれた付箋が貼ってある。おとしものなんだ、これ。誰のなんだろう。困ってるよね、今ごろ。

わたしは台の上に腕時計を戻した。

落とした人、取りに来るかな。でも、ここにあることを知らなかったら……雨が降ってきて濡れちゃったら、何かの衝撃でアスファルトに落ちて壊れちゃったら。

そんなことになるくらいだったら、わたしが大切に使ったほうが、無駄にならないですむんじゃないかな……。

わたしはあたりをきょろきょろと見回した。誰もいない。

ランドセルを肩から下ろし、中を開いて内ポケットに腕時計を押し込んだ。心臓が音をたてながら大きくふくらんでいくみたいで、今にも爆発しそうだった。留め具がカチリと響いたときハッとして、やっぱり戻そうかと思ったけど、その気持ちを無視して急いでランドセルを背負う。

そこにスーツのおじさんがやってきた。こわい顔で、ちらりとわたしに目をやる。わたしのしたことを見ていたのかなと思って、怒られるかもしれないと身がすくんだ。でもおじさんは何も言わずにわたしの隣に並び、咳払いをひとつしただけだった。

家に帰って、わたしは「千帆の間」に入って戸を閉め、ランドセルを下ろした。学校にいる間も気になって気になって、何度も中を確認してしまった。

内ポケットからそっと腕時計を取り出す。付箋をはがし、手首にはめた。冷たさや重さが心地よくて、腕をいろんな角度に曲げてみた。白い文字盤にオシャレなデザインの数字、シンプルな銀の針。秒針だけバンドと同じピンクの色がついていて、ゆっくりまわっていくのがすごくかわいい。

欲しかった腕時計が、わたしのものに、なった。

うれしい。……そう思うのに、ほっぺが固くこわばってしまうのはなぜだろう。

わたしは誰にも見つからないように、腕時計を枕の下にそっと隠して眠った。


水曜日。

目覚めるとわたしはまず枕の下に手をやった。

でも、手に触れるのは敷布団の感触だけだ。あれ？　腕時計がない？

枕をよけようとして、腕に黒いものがついていることに気づいた。

「……？」

漢字で何か書いてある？　腕の内側に目をこらす。

神様当番

見間違いじゃない。太い活字がマジックみたいなもので黒々と書かれている。

スグルだ！

わたしが寝てる間にこっそり入ってきて書いたに違いない。どうやってこんな活字を仕込んだのかわからないけど、まったくもう、なんなの。こんな幼稚なイタズラして。腕時計も、めざとく見つけて持っていったんだろう。

頭にきて取り返しに行こうと布団を抜けたら、戸の前に知らないおじいさんが正座していてぎょっとした。

おじいさんはえんじ色のジャージを着ている。頭のてっぺんはつるつるだけど、耳の脇には綿《わた》あめみたいにふわふわの白い毛が生えていた。おじいさんはにこにことわたしを見てこう言った。

「お当番さん、みーつけた！」

え？　お当番？

わたしはぼうぜんと訊ねた。

「……おじいちゃんのお友達ですか？」

「わし？　わし、神様」

「……あはは」

「あはははは」

ふたりで笑ったあと、そのおじいさんは「お願いごと、きいて」と言った。

「お願いごと？　どうして」

「だってわし、神様だもん」

「………」

どうしたらいいんだろう。おじいさんの冗談につきあうべきなのか、さっさと居間に行くべきなのか、わたしはちょっと迷った。でもお年寄りは大事にしましょうって、道徳の時間に教わったばかりだ。お年寄りが何を喜ぶかっていうリストに「お話をすること」っていうのがあった。わたしは笑顔をつくり、おじいさんに問いかける。

「どんなお願いごとですか」

おじいさんは腕組みをして、えへーと笑いながら首を思いきりかしげた。

「わし、最高の弟が欲しいなあ」

おじいさんもそんなこと考えてるのか。わたしは親近感を覚えて、おじいさんの前にしゃがんだ。

「おじいさんに弟を作るってことですか。それはちょっと、難しいかも」

「そうだけど、そうじゃないの。チィちゃんがお当番だから、チィちゃんに最高の弟がいたらいいの」

「え？」

チィちゃんと呼ばれて驚いた。なんだか、ほわんとした気持ちになる。

きっとおじいちゃんから、わたしの名前が千帆だと聞いたのだろう。わたしは会話を続けた。

「えっと、わたしがお当番ってどういうこと？」

「チィちゃんが神様当番だから、チィちゃんがわしでわしがチィちゃんなの」

「うーん？」

「だって、ほれ、給食当番のときはお当番さんが給食じゃろ」

「……………そうなのかなあ？」

その理屈はよくわからなかったけど、腕に文字を書いた犯人がこのおじいさんだということはわかった。スグルじゃなかったんだ。

ってことは、腕時計もこのおじいさんが？

「あの、わたしの腕時計がなくなってるんですけど」

わたしが言うと、おじいさんはちょいちょいっと人差し指を立てた。

「わたしの腕時計？」

「……………あ」

わたしの、じゃない。おとしものを勝手に持ってきちゃったんだもの。

まさか、まさか、おじいさんのだったのかな。

「ごめんなさい。返します」

わたしは観念して頭を下げた。

おじいさんは、上目遣いでにやにやしながらもう一度言った。

「お願いごと、きいて」

お願いごとって、最高の弟を？　そうしたら許してくれるの？

「でも、どうやって……」

「最高の弟をもらえるまで、わし、待たせてもらうわ」

おじいさんはそう言ったとたん、くるっと丸く小さく、おたまじゃくしみたいな形になった。びっくり仰天していると、おたまじゃくしはわたしの左手のひらの中にすうっと入り込んでいく。

「い、いやあああっ」

左の腕がぷるぷるっと振動して、すぐにおさまった。この中に、この中にあのおじいさん、入っちゃったの!?

何が起きたのかわからず、わたしは何度も手をグーパーしたり、腕をさすったりした。

「どうしたの」

悲鳴を聞きつけて、お母さんが戸を開けた。

「う、ううん、大丈夫。怖い夢見たの」

わたしは腕を隠しながら答える。

そうだ、夢。これはただの、怖い夢。

「そう。早く朝ごはん食べにいらっしゃい」

お母さんが去るのを待って、わたしはもう一度腕をそっと見る。どうかほんとうに、夢でありますように。

しかしそこには、やっぱりくっきりと太い文字で「神様当番」の文字が書かれていた。どうしよう、夢じゃないみたい。わたし、頭おかしくなっちゃったのかな。

わたしは洗面所にかけこみ、ごしごしと腕を洗った。ハンドソープをめいっぱいつけて、泡だらけにしてこすったけどぜんぜん消えない。

「あれっ、ねえちゃん、どうしたの」

スグルが背後から声をかけてくる。

「……なんでもない」

「それ、なに？　なんか書いてあるじゃん」

やっぱり現実なんだ。スグルにも見えるんだ。

「なんでもないってば！」

わたしが叫ぶと、スグルは「こえー」と笑いながら居間のほうに向きを変えた。

困ったことになった。腕の文字を誰にも見られないようにわたしは、長袖のカーディガンを着た。体育の時間も長袖を着ていて「暑くないの？」と言われた。

でも困ったのはそれだけじゃなかった。左腕がわたしの意志とは別のところで動いて、授業中に勝手に手をあげるのでほんとうにまいった。

わからないところも、わかるところも、どっちも勢いよく挙手するのだ。

「松坂《まつざか》さん、今日はとっても積極的ね」と担任の牧村《まきむら》先生は最初のうち嬉しそうに言ったけど、四時間目あたりからスルーされていた。内心あきれていたに違いない。クラスの子たちだって、「なんだ、あいつ、張り切って」とか思ってるに決まってる。そりゃあ、わからないところは質問したいし、わかるところは発表したい。でもこういう集団生活の中で悪目立ちしたら仲間外れになっちゃうのに。ああ、もう、やだやだ。

やっとのことで一日の授業が終わって、わたしは飼育小屋でひとり、どうすればいいんだろうと頭を抱えていた。

わたしは今、生物係《いきものがかり》だ。生物係は各クラスにふたりいて、四年生以降は一週間交代で飼育当番がまわってくる。今週は教室の生物だけじゃなく、校庭の隅にある飼育小屋のうさぎの世話もするのだ。

六年二組の生物係はわたしの他に岡崎《おかざき》くんっていう男子がいるけど、小屋にはまだ来ていない。忘れているか、他の男子と遊んでいて遅れているかだろう。

小屋の掃除をしていたら、左腕がぷるぷるっとした。あっと声を上げるまでもなく、左手のひらからしゅわっと手品みたいにあのおじいさんが飛び出てくる。あまりにも驚いて持っていた箒《ほうき》を落としてしまった。

「わし、うさぎ好き」

おじいさんはしゃがみこみ、うさぎの背中をなでた。

ちょっと脱力する。こうして目の前にいるおじいさんは、ちっとも怖くないのだ。それどころか、優しそう。でも、お願いごとをきいてって無理なこと言ったり、腕の中に入り込んで勝手なことしたり、やっぱり早くいなくなってくれないと困る。

「かわいいねえ、うさぎ。お鼻がぴくぴくするのがなんともいえないねえ」

「あの、おじいさん」

「わし？　わし、神様」

「……神様」

「うん、なあに？」

神様はのほほんと頭を傾ける。わたしはため息をついた。

「最高の弟なんて、無理です」

「お願いごときいてくれないと、お当番が終わらないよぉ。腕の文字も、消えないよぉ」

「わたし今、飼育当番もあって忙しいんです」

「あっ、ほれ、干し草食べてる。もぐもぐって。かわいいねえ」

うさぎを愛《め》でる神様にはぐらかされ、わたしはがっくりとうなだれながら、落とした箒を手に取った。

「ねえちゃーん！」

大声がしたので顔を上げると、校庭のジャングルジムからスグルが手を振っている。その瞬間に神様はまたおたまじゃくしになり、わたしの手のひらに飛び込んだ。スグルはジャングルジムをするすると降り、ぱたぱたとこちらに走ってきた。小屋の外からのぞきこんでくる。

「ねえちゃん、飼育当番なの？」

「うん」

「チャッピーとマッピー、仲良くしてる？」

スグルはうさぎを見ながら言った。小屋の中のうさぎは二羽だ。全体に茶色いのと、うす茶色で首のまわりが白いの。近くの中学校からもらってきたらしい。兄弟だよって、先生に教えてもらった。

「そんな名前ついてたっけ」

「おれがつけた。こっちは茶色いからチャッピーで、こっちはマフラーしてるみたいだからマッピー。おれが勝手に呼んでるの。かわいいから時々見てるんだ」

チャッピーはともかく、マッピーの命名センスはいまいちだ。わたしは黙ったまま箒を動かす。

神様は、わたしに最高の弟がいたらいいって言ってたっけ。これからお母さんに弟を生んでもらう？　お母さんって何歳だったかなあ。それに、また弟ができたとしても最高じゃなきゃ意味ないし。だいいち、わたしにどうこうできる問題じゃないし。

スグルは目を輝かせながら言った。

「ねえねえ、さっき教えてもらったの。口の両端に指入れてさあ、学級文庫って言ってみて」

「やだ」

それ知ってる。わたしが即答で却下すると、スグルは自分の口の両端に指をひっかけ、「がっきゅううんこ」と発声した。

げらげら笑っているスグルを無視して、箒で集めた野菜クズをちりとりで取る。

そこに岡崎くんがやってきた。小屋の中に入ってきたけど、掃除はもう終わったし、餌も新しいのに替えたし、やることは特にない。網越しに岡崎くんと目を合わせたスグルが、ちょっと萎縮したのがわかった。

岡崎くんは体ががっしりしていて、顔もちょっといかつい。小さなころから柔道で鍛えているのだそうだ。リーダー格でちょっと自己中心的なところがあるし、物言いが強めだから威圧感はあるけど、実はそうたいしたことは言っていない。冷静に観察してみれば、ごく普通の男子だ。でもスグルみたいにやせっぽちで運動神経皆無な下級生からすれば、岡崎くんは無条件に降伏しなければならないジャイアンみたいに見えるんだろう。

「なんか用？」

岡崎くんがスグルに言った。スグルはビビって、曖昧に笑っている。

「あ、ごめん。わたしの弟なの」

わたしが言うと、岡崎くんは「あ、そう」とだけ答えて餌箱のキャベツを拾った。二羽のうさぎに食べさせようと、キャベツを口元に持っていく。マッピーが食らいついていった。

「あれっ」

スグルが言った。岡崎くんが顔を上げる。スグルは岡崎くんのことは見ずに、身を乗り出してチャッピーを指さした。

「チャッピーはキャベツ、欲しくないんじゃないかな」

「は？　俺の餌のやりかたが悪いっていうのか」

岡崎くんににらまれて、スグルは口をぎゅっと結んだ。わたしは仕方なく助け船を出す。

「スグル、友達があっちで待ってるんじゃないの？」

「ううん」

……アホだ。読み取りなよ、スグル。姉の気遣いをなんだと思っているのだ。

網の向こうでスグルはおどおどと続ける。

「チャッピー、なんか元気なくない？　あんまり動かないっていうか」

「うさぎっていうのは、こういうもんだ。夜行性なんだから」

岡崎くんがきっぱり断言する。怒ってるわけじゃないけど声が大きい。スグルはびくっと肩をふるわせ、ちょっとだけ黙ったあと、「じゃあ、おれ、行くね」と走っていった。


わたしが通っているピアノ教室は少人数制で、先生が自宅の離れを使って開いている。部屋の中にはレッスン用のピアノが二台、同じ時間にレッスンを受けるのはひとりかふたり。わたしと同じ、水曜日と木曜日の四時から来ていた女の子が三月いっぱいでやめたので、わたしはしばらくひとりで受けていた。

それが今日、心が浮き立つような出来事があった。わたしたち生徒は、先生の家の中を通らずに離れ専用のドアから直接出入りするようになっている。引き戸になっているガラスドアを開けて、わたしは目を見開いた。

どこの貴族のお坊ちゃんかと思うような、とっても上品な男の子がテーブルで先生と話していたのだ。

戸口でぼうっとしているわたしに気づくと、先生は「ああ、千帆ちゃん」と立ち上がった。男の子もわたしを見る。整った顔立ちの、肌のきれいな子だ。

「広田耀真《ひろたようま》くん。小学三年生で、今日から千帆ちゃんと同じ水曜と木曜の四時から通うことになったの」

耀真くんというその男の子は、椅子から立ち上がってわたしにぺこりとお辞儀をした。

「広田耀真です。よろしくお願いします」

……なんて礼儀正しい。

紺と白のタータンチェックのシャツに、ベージュのコットンパンツを穿《は》いている。

「松坂千帆です」

わたしはポーッとしながらそう言った。

先生が耀真くんとわたしの両方に目配せする。

「千帆ちゃんは六年生で、このお教室で一番長い生徒さんよ。千帆ちゃん、耀真くんにいろいろ教えてあげてね」

「千帆ちゃんっていうんだ。かわいい名前だね」

「はい」

耀真くんはほほえんだ。まさに天使みたいに。わたしは感動でくらくらした。

先生は耀真くんにノートを一冊渡した。

「これ、連絡ノート。レッスンの内容や、おうちの人への伝言を書いて渡すから、毎回持ってきてね。表紙に名前を書いておいて」

油性ペンを差し出され、耀真くんはテーブルの上でさらさらと記名する。「耀」なんて難しい漢字をバランス良くきれいに書く耀真くんに、わたしは見とれた。

レッスンはとてもスムーズに行われた。耀真くんの指づかいはちょっとたどたどしいところもあって、照れくさそうに笑うのがまたかわいい。わたしがソナタを一曲弾き終わると、「千帆ちゃん、すごいな」と小さく拍手してくれた。

レッスンが終わる時間に近づくと、先生は「はい、今日はここまで」と手をたたいた。帰る前に、先生はいつもお菓子とジュースをくれるのだ。

「ちょっと待っててね。今日はお隣さんからおいしいマドレーヌをいただいたの。持ってくるわ」

先生がいったん、教室を出ておうちのほうに向かった。

耀真くんは部屋を見回し、奥の戸棚の前まで歩いた。陶器でできた貴婦人のお人形を指さして、耀真くんは言った。

「これ、リヤドロだね」

「えっ、わかるの、耀真くん」

すごい。先生が去年、スペイン旅行で買ってきたリヤドロというメーカーのお人形だ。十万円もするのよ、絶対さわらないでねって、先生は興奮気味に言っていた。

「うちにも同じようなのあるから。この肩のラインとか、すごくきれいだよね。見ていて飽きないなぁ」

耀真くんはさらりと言った。まったくイヤミがない。石鹼《せっけん》なのかシャンプーなのか、耀真くんは男の子なのに清潔な良いにおいがした。

これでスグルと同じ年の同じ男なんて、神様って不平等。

……神様。

その神様とあの神様って、違うのかな。わたしは左腕を見る。ここにいる神様は夢をかなえてくれたり、ピンチを救ってくれたりしない。それどころか無理な要求だけしてくるし、いっぱい迷惑をかけてわたしを困らせてばかりいる。

何かを決めたり、奇跡を起こしたりする神様が別でいるとして、その神様はどうしてわたしとスグルをハラカラの姉弟にしたんだろう。そういうのって、いったいどうやって選ぶんだろう。

教室に集められたクラスメイトみたいに、わたしとスグルは同じ両親のもとで顔を合わせることになった。だけど同じクラスだからって全員と仲良くできるわけじゃない。気の合う子と一緒になれたらラッキーっていうくらいのことだ。美波ちゃんと麻波ちゃんみたいに。

「耀真くん、きょうだい、いるの」

わたしは訊いた。耀真くんは首を横に振る。

「千帆ちゃんみたいなお姉さんがいたらいいのになあ」

きゅーん、と胸の奥で音がした。

最高の弟。

ああ、もしかして現れたんじゃない？

もちろん本物のきょうだいにはなれないけど、耀真くんがそう言ってくれるなら、わたしはありったけの誠意を込めて彼のいいお姉ちゃんになってみせる。

これで神様当番はきっとおしまい。かわいい弟もできて、一石二鳥だ。

家に帰ったら、居間におばあちゃんの友達がいた。歌舞伎を一緒に見た帰り、うちに寄ったのだとお母さんから聞いた。

孫娘の千帆、とおばあちゃんがわたしを紹介した。わたしは「こんにちは」と挨拶する。

「あらあら、大きなお姉ちゃん。ピアノを習ってるんだってね」

「はい」

スグルは奥の和室でおじいちゃんと将棋をしているらしい。

わたしはちょっとだけ頭を下げ、居間を出た。

「一姫二太郎じゃない。うまくやったわね」

背中でお友達の声を受ける。わたしはその、姫とか太郎って意味がよくわからなかった。うまくやったって、なんのことだろう。お友達の話は止まらない。

「お宅は息子さんもいるし、孫にまで男の子がいて安泰じゃないの。娘なんてつまんないわよ、お嫁にいっちゃうんだから。つめたいもんよ」

わたしはその言葉を聞き流して「千帆の間」に入り、戸を閉めた。そのとたん、にゅうっと左手に引きずられてカラーボックスまで連れていかれる。教科書やノートをそこに置いているのだ。左手は国語辞典を取り出し、「い」のページをめくった。

いちひめにたろう。一姫二太郎。子を持つには、最初は育てやすい女の子が良く、次は男の子が理想的であるということ。

別にこんなの、調べなくてもいいのに、神様。わたし、あのお友達の言ったことなんて気にしてないんだから……。

そう思いながらもわたしは、そこに書いてある意味を三回読み返した。左腕がぷるぷるっとして、手のひらから神様が出てくる。

「なんなの、あのお友達！」

神様は、かんかんに怒っていた。

「女の子って、育てやすいのにつまんないとか言われちゃうの？　わし、なんか納得いかないわぁ」

ほっぺたをぷうっとふくらませ、神様は腕組みをする。

「それに、男の子がいれば安泰って。何言ってるんだろうねぇ」

神様、話がわかる。わたしも同意した。

「ほんと。あのスグルで安泰だなんて、笑っちゃう」

「ほんとほんと。ねえ、チィちゃん、最高の弟はまだぁ？」

神様は両手をグーにしてぶんぶん振った。耀真くんの出現で、神様のお願いごとは果たせたと思っていたのに違うのか。

「え、だって耀真くんは？　最高の弟になってくれると思うんだけど」

わたしはすがるように言う。神様は首をかくかくと左右に曲げた。

「うーん？　チィちゃんはスグルじゃなくていいの？」

いいに決まってるじゃない。そう言おうとしたら、神様はまたおたまじゃくしになった。お当番はまだ続くのだ。左手のひらから入っていく神様を止められず、わたしは「神様当番」の四文字をげんなりした気持ちで見つめた。


木曜日。

神様が耀真くんで良しとしてくれないなら、スグルを改造するしかなかった。耀真くんという理想モデルがいるのだ。なんとか近づけることはできないだろうかと、わたしは朝ごはんを食べながらスグルを眺めた。

たとえばまず、耀真くんのようなファッション。

ボタンダウンのシャツ。ベージュのコットンパンツ。

スグルが襟付きのシャツを着るのなんて、親戚の結婚式のときぐらいだ。いつもよれよれのTシャツに、スエット素材のハーフパンツ。靴下に穴があいていてもへっちゃらのスグル。

わたしはあらかじめ用意しておいた通販カタログの切り抜きを見せながら言った。耀真くんが着ていたようなチェックのシャツだ。

「スグル、たまにはこういうの着てみなよ」

「ええ？　ボタン、めんどくさい」

「じゃあさ、いいにおいのするシャンプー使ってみるとか」

「シャンプーいらないよ。ばーってお湯で頭、洗い流せば」

「えっ、今までずっとシャンプー使ってなかったの？　お湯だけ⁉」

わたしが絶叫すると、スグルは「あ、そうだ。においっていえばさぁ」と目を輝かせ、喜びに満ちあふれた表情を浮かべた。

「指にツバつけて、手のひらに『とりのくそ』って書いてこすると、鳥の糞《ふん》のにおいするんだよ！　やってみてやってみて」

「やるわけないでしょ、汚いなあ！」

かたやリヤドロ、かたや鳥の糞。だめだ、どうやっても、スグルを最高の弟に改造することなんてできない。

「おれ、今日から学校に木刀持っていくんだ」

スグルは畳の上に置いていた木刀をつかんだ。それを見たお母さんがたしなめる。

「だめって言ったでしょう」

スグルは口をとがらせた。

「ええーっ、母ちゃん、だめっていつ言った？　何時何分何秒？　地球が何回まわったとき？」

それを聞いて、お母さんはぷっと吹き出した。

「懐かしいわね、それ。お母さんが子どものころもあったけど、まだ言うのね」

お母さんもスグルに甘い。わたしが何か言い返したりするとムッとするくせに。

わたしはさっさと席を立つ。木刀を持ってバスに乗る弟となんて、絶対に一緒に行きたくない。今日も先に家を出るんだ。


家を出てパン屋さんの角を曲がったら、その隣にあるアパートから女の人が出てきた。バス停でいつも会う、あの素敵なお姉さんだった。このアパートに住んでるんだ。

お姉さんはわたしと顔を合わせると、やわらかく笑ってくれた。嬉しくなって、わたしは思わず「おはようございます」と声を上げる。

「おはよう。いつもひとりで遠くまで通ってて、えらいね」

歩きながら話しかけてくれたので、自然に並んで一緒にバス停に向かうかたちになった。軽い雑談のあと、わたしは告白するみたいにお姉さんに想いを伝えた。

「お姉さんがおじさんに席ゆずらせたの、見ました。怖いもの知らずで強くて、カッコいいって思いました」

「いや、あれは」

お姉さんはなぜだか真っ赤になって苦笑いする。そしてちょっと道の先を見ながら、ゆっくり言った。
「怖いもの知らずって、そんなに強くないよ」
「……え？」
「私、最近思うんだよね。怖いものなんてない人より、本当は怖いのに立ち向かって
く人のほうが、何倍も強いよ。それを勇気って言うんだと思う」
どういうことなんだろう。なんだかすごく大切なことを言っている気がしたけど、
すぐにはぴんとこない。でもお姉さんの言うこと、覚えておこうって思った。
バス停が見えてくる。今日は例のおじさんが一番に来ていて、相変わらずのしかめ
つらで仁王立ちしていた。それを見てわたしはちょっと緊張したけど、お姉さんはぐ
んぐん進んでおじさんの隣に立ち、「気持ちいい風だね」とわたしにほほえみかけて
くれた。

放課後、飼育小屋でわたしはひとりで掃除をしていた。岡崎くんは来ない。
掃除を終えて餌をやり、二羽のうさぎをじっと見る。チャッピーとマッピー。この
子たちも、ハラカラなんだよね。
ふと、チャッピーがやっぱりおとなしすぎる気がしてきた。うさぎはこんなもんだ

と言われればそうかもしれないけど、ぴょんとはねながら小屋の中を移動したり、穴を掘ったりするマッピーに比べたら、ぜんぜん動いていない。

スグルの言う通り、元気がないのかもしれない。餌も食べている様子がないし、うずくまっているという感じだ。

マッピーが、チャッピーに顔を寄せた。額のあたりをぺろぺろなめたり、頭同士をなでるみたいにしてこすりつけている。チャッピーは目をつむって、マッピーの仕草を静かに受け止めるだけだ。

それを見ていたら、なんだか胸が熱くなってきた。元気がないチャッピーを、マッピーが励ましているように感じたのだ。どっちが兄でどっちが弟かわからないけど。

マッピーが、わたしを見上げた。

たすけて、って言ってるみたいに思えた。チャッピーをたすけて。

わたしは小屋を出た。職員室に行って、誰か、先生に知らせなくちゃ。校舎に入ろうとしたら、昇降口のところで用務員の砂田《すなだ》さんが傘立ての修理をしていた。もう何年もこの小学校に勤務している、ごましお髭《ひげ》のおじさんだ。

そうだ、こういうときは先生より砂田さんに言うのがいいのかもしれない。わたしがことのしだいを説明すると、砂田さんは「わかった、見ておくね」とだけ言って、修理を続けた。

学校から帰るとすぐにピアノ教室だ。

チャッピーの件でちょっとばたばたしていたせいで、連絡ノートを持ってくるのを忘れてしまった。先生にそう伝えたら「じゃあ、今日は紙に書いて渡すね」と言われた。

今日もレッスンは滞りなく進み、耀真くんはやっぱり夢みたいにすてきな男の子で、わたしたちは穏やかに楽しい時間を過ごした。

レッスンが終わると、恒例のおやつタイムだ。先生がおうちに行ったのとすれ違いに、教室の外扉が開いた。思いがけず、スグルが顔を出す。

「ねえちゃん、連絡ノート忘れていったでしょ。母ちゃんが届けてって」

髪の毛が寝ぐせではねている。それに、Tシャツの胸元が給食のカレーのシミで汚れていた。

「なに、わざわざ。べつに、なくても大丈夫だったのに」

わたしはなんとなく、耀真くんにスグルを見られたくなかった。それでつい、つっけんどんな言い方になってしまう。

「いいのいいの。おれ、このへんの友達と遊ぶ約束してたから、ついで」

わたしが連絡ノートを受け取ると、スグルは耀真くんには視線を送ることもなく、あっさりと出ていった。

振り返ると、耀真くんが意外そうな顔で言った。

「千帆ちゃんの弟？」

「あ、うん」

「へえ……。なんか、だらしないっていうか」

え？

耀真くんにそう言われて恥ずかしかったけど、それ以上になんだかムカッときて、そんな自分にわたしは戸惑《とまど》う。

わたしが何も答えずにいると、耀真くんはふふっと笑った。

「頭わるそうだね」

そう言いながら、耀真くんはわたしに背中を向けて戸棚の前に立った。その瞬間、私の左手がさっと伸びる。あっ！と思ったけど制止がきかず、左手は耀真くんの後頭部を軽くぺしっとはたいた。

「か……！」

神様、なにやってんの！

思わず叫びそうになったところで耀真くんがあぜんとした表情で振り返り、「か？」と訊ねるようにつぶやいた。

わたしはあわてて取りつくろう。

「か、蚊《か》が止まってた。でも逃げちゃったみたい、ごめん」

耀真くんはいぶかしげに「あぁ」とうなずき、後頭部をなでた。

もうほんと、神様のせいで調子が狂う。

なんで耀真くんをたたいたりしたの。

……っていうか、なんでわたし、腹が立ったんだろう。

スグルがだらしないとか、頭わるそうなんて、その通りなのに。わたしも毎日そう思ってるのに。

耀真くんは戸棚の上にあるリヤドロの人形を見やった。

「これ、後ろ姿はどうなってるんだろう」

片手を伸ばす耀真くんに、ちょっとだけひやっとした。先生が絶対さわらないでねって言ってたからだ。でも、耀真くんならそっと見てそっと戻すだろう。落っことして割っちゃうような、スグルみたいなヘマは絶対にしない。

……と思った直後、がしゃんと鋭い音がした。

わたしは体をこわばらせたが、耀真くんはもっとがちがちに硬直している。フローリングの床の上で、人形のスカートが砕けていた。耀真くんが手をすべらせたのだ。

直しようもない無残な人形を挟んで、わたしたちは動けなくなった。

「……耀真くん、大丈夫だよ。わざとじゃないんだもの、ちゃんと謝れば先生きっと許してくれるよ」

わたしはできるだけ優しい声で言った。耀真くんは生気を失ったような表情で、目を潤ませている。

ああ、この子はわたしが守らなければと、心から思った。このか弱い耀真くんを。

耀真くんは、芸術がわかる子なのだ。可憐なお人形の後ろ姿を見たかっただけなのだ。わたしがちゃんと先生に説明して、わかってもらわねば。

「一緒に謝ってあげるから。ね」

耀真くんの肩にそっと手を置く。彼は何も言わずに固まっていた。

そこに先生が入ってきた。トレイには、クッキーとオレンジジュースが載っている。ご機嫌だった先生の表情が、この部屋の異変にすぐ気がついて大きく崩れた。

「あ、あーっ！」

先生はあわててトレイをテーブルに置き、床にはいつくばった。

「…………私の……私のリヤドロが……」

真っ白な顔の先生が、わたしたちを見上げて「何があったの」と問う。耀真くんがほろほろと泣き出した。

「耀真くんなの？」

先生に言われ、わたしは耀真くんの前に立つようにして言った。

「わざとじゃないです。耀真くんはただ、素敵なお人形だなって、見たかっただけで。だから……」

叱らないであげてください、と必死で続けようとしたとき、耀真くんが言った。

「……千帆ちゃんが、やった」

え？

「僕はさわっちゃだめだって言ったのに、千帆ちゃんが」

耀真くんは、声を上げて泣き出した。

「えっ、ちょっと、耀真くん……？」

あまりのことに、半笑いになる。先生は「なに笑ってるの、千帆ちゃん」と、ぴしりとわたしを制した。

「人は誰でも失敗するし、形のあるものは壊れるの。だから壊したことは怒らないわ。でもね、嘘が一番だめなことなのよ、千帆ちゃん」

わたしは絶句して先生と耀真くんを交互に見つめた。

この美しい耀真くんの涙に心を揺さぶられない大人なんているだろうか。いかにも気の強そうなわたしと、いたいけな耀真くんのどちらを信じるかなんて、一目瞭然《いちもくりょうぜん》だった。

「耀真くんのせいにするなんて。千帆ちゃんのほうがお姉さんでしょう」

お姉さん。

……………そうだ。わたしは、お姉さんなんだ。

耀真くんがお人形に手を伸ばしたとき、すぐに止めなかったわたしが悪い。

「……ごめんなさい」

わたしはうつむいて言った。

耀真くんがちらっとわたしを見たのが、目の端でわかる。

「もういいわ。危ないから、片付けは先生がやるわね。お菓子食べてて」

先生は冷たい口調でそう言い、わたしたちをテーブルに促した。先生がかちゃかちゃとお人形を片付けている間、わたしも耀真くんも、目の前のクッキーに手をつけることもできずに押し黙っていた。


結局、耀真くんとはひとこともしゃべらずに別れた。

家に帰ってからもわたしは、ずっと耀真くんのことを考えていた。

夕ご飯のあと、お風呂に入りながらこれからどうしようと思った。連絡ノートには、レッスンの内容が簡単に書かれているだけだった。先生は「もういいわ」と言ったけど絶対怒ってるし、十万円もうちが弁償しなくちゃいけなくなるかもしれない。

湯舟につかってぼんやりしていたら、左腕がぷるぷるっとした。まさかここで、と思った瞬間、神様が左手のひらから飛び出してくる。

「ちょ、ちょっと！　やだ！」

わたしはあわてて、両腕で自分の体を隠す。神様は湯舟の中でぷはーっと気持ちよさそうに息を吐いた。いつものジャージは着たままだ。

「気持ちいいねえ」

神様はばしゃばしゃと顔を洗う。ほんとにもう、どこまでやりたい放題なの、お風呂にまで現れるなんて。わたしもう六年生なんだから、お父さんともおじいちゃんとも一緒にお風呂に入ったりしないのに。

「わし、お風呂好き。うんとなつかしい気分になる」

「なつかしい？」

「お母さんのおなかの中みたいだから」

………ハラカラ。

たとえば、わたしか耀真くんか、どちらかがピアノ教室をやめたとしたら、もう二度と会うことはないかもしれない。スグルとは、どんなにケンカをしてもどんなに嫌いになっても、一生、姉弟なのに。

わたしはお湯の中をのぞきこんで自分のおなかを見る。不思議だった。動物はみんな、おなかからやってくるのだ。

「神様。耀真くんは、最高の弟じゃなかった。わたしが理想を押し付けてただけだった。ちょっと会ったくらいで、勝手に」

「うんうん」

神様は両手を合わせ、お湯をぴゅうっと飛ばした。わたしは続ける。

「スグルはバカだけど、人のせいにしたり自分だけ安全でいようとしたり、そういうずるいこと絶対やらないと思う」

「いい子だね」

「うん」

「だから家族みんな、スグルをかわいがるんだよね」

「……………うん」

そうだ。

スグルはいいヤツだ。わたしだってわかってる。

お父さんもお母さんも、おじいちゃんもおばあちゃんも、スグルばっかりかわいがる。でも仕方ない。気ばっかり強いわたしより、あんな無邪気で素直なスグルのほうが、そりゃあかわいいに決まってる。女の子なんかつまんないって、みんなそう思ってるのかもしれない。

「そう、仕方ない、仕方ない。ほんとはもっと甘えたいのになあっ」

神様はお湯をちゃぷちゃぷと叩きながら叫ぶ。

「そうだよねえ、チィちゃん」

優しい口調でそう言い、神様はまた突然おたまじゃくしになってわたしの左手のひらに戻った。

それで思い出した。「チィちゃん」と初めて神様に呼ばれたときのこと。

どうしてそれが、嬉しかったのか――。

お風呂から出てパジャマに着替えると、洗面所のドアの向こうで「ねえちゃん、もう出たー?」とスグルの声がした。

ドアを開けるとスグルはパンツ一丁で立っていた。

「九時からのアニメ見たいからさあ、早く早く」

そう叫ぶスグルと入れ違いに洗面所を出て、台所に向かった。壁の時計は八時四十五分だ。お母さんが食器を洗っている。わたしは牛乳を飲もうと冷蔵庫の前に立った。

「あ、お姉ちゃん。さっきね、ピアノの先生から電話があったわよ」

ドクンと心臓が鳴る。冷蔵庫の扉に手をつけたまま、わたしはお母さんを見た。

お母さんはスポンジを片手に、顔だけわたしに向けた。

「耀真くんっていう男の子が、お母さんと一緒にお詫びに来たんだって。お人形を壊してしまったんだけど、それをちゃんと言えなくてごめんなさいって」

……………耀真くん、本当のこと言ってくれたんだ。

体じゅうの力が、ほどけていった。お母さんは水を止めて、エプロンの端で手を拭きながら続ける。

「先生も、一方的に責めるようなこと言っちゃって申し訳なかったって、謝ってたわよ。耀真くんのことかばったんだってね、お姉ちゃん」

わたしの左手がすうっと伸びて、お母さんの手首をつかむ。

びっくりしているお母さんの顔。左手はお母さんの手を引っ張り、わたしの頭に乗せた。神様の勝手なしわざだったけど、それが何を意味するのかわたしにはよくわかった。

「……………千帆、って呼んで」

「え？」

「お姉ちゃんじゃなくて、千帆って」

左手は、お母さんの手を誘導してわたしの頭をなでさせる。いいこ、いいこ。はっきりとは覚えていない。でも、ホームビデオで見たことがある。

スグルが生まれる前の、わたし。

お父さんもお母さんも、わたしのことを「チィちゃん」とか「千帆」って呼んでた。

そしてこんなふうに、いっぱいなでてくれてた。

「ちょっと……ちょっと、待って」

お母さんはタオルでしっかり手を拭きなおし、わたしの背中をそっと押しながら居間に連れて行った。おじいちゃんもおばあちゃんも自分の部屋にいて、お父さんはまだ帰っていない。

お母さんは畳の上に正座すると「おいで」と言って両腕を広げた。

わたしはおずおずと、お母さんの腕の中に体を寄せる。お母さんは、わたしを赤ちゃんみたいにぎゅうっと抱っこしてくれた。

「ごめんね。なんだか、スグルを見てると千帆がすごくしっかりした大人に見えちゃうのよ。でも千帆だって、まだ小学生なんだもんね」

そう言ってお母さんは、わたしをいっぱいなでてくれた。頭も肩も腕も背中も。涙がぽろぽろと頰を流れていく。

「千帆はきっと、耀真くんが年下だから、お姉さんでいなくちゃ、守らなきゃって、そう思ったのね。そういう千帆の気持ちが耀真くんにも届いて、本当のことを言ってくれたんだと思うわ」

ぴったり顔をくっつけているお母さんの胸から、穏やかな鼓動が伝わってきた。わたしは目を閉じて、子守歌を聴くみたいにお母さんの声に身をゆだねる。

「でも、罪をかぶることや我慢することが優しさではないのよ。千帆には千帆の大切な道があるの。忘れないでね。困ったことがあったら、こうやっていっぱい甘えていいのよ。中学生になっても、大人になっても、ずっとずっとよ」

わたしはこくんとうなずいた。

大人になって、お嫁にいってもわたし、つまんない娘になんてならない。そう決めた。

お母さんはわたしの両肩に手をやりながら「それからね、千帆」と笑いかける。

「千帆が言ったのよ。これからはわたしのことお姉ちゃんって呼んでって。スグルが生まれたとき、得意そうな顔でね」

「…………え」

そうか。そうだったのか。

幼いわたしは、やっぱり嬉しかったんだ。

お姉ちゃんになることが、スグルという弟ができたことが。

「スグルが心配してたよ。ねえちゃん、今日は唐揚げふたつしか食ってないって。いつもは五個ぐらい余裕なのになあって。よく見てるね」

洗面所のほうから「今、なんじー？」とスグルの声が飛んでくる。

そういえばわたしはスグルに、連絡ノートを持ってきてくれてありがとうって、まだ言ってない。わたしはもう一度、ぎゅーっとお母さんに抱きついたあと、「八時五十五分だよ、早くおいで！」と叫んで立ち上がった。

金曜日。

昼休みにわたしは飼育小屋に行った。チャッピーの様子を見るためだ。

チャッピーはいなかった。マッピーだけが、小屋の隅でキャベツの芯をかじっている。

わたしは不安になって、用務員室に行ってみた。でも、砂田さんの姿も見えない。

昨日、あれからちゃんと見てくれたのかな。

仕方ないので教室に戻る。飼育当番は、とりあえず今日で終わりだ。

放課後、わたしは岡崎くんに事情を話し、一緒に教室を出た。

小走りに飼育小屋にたどりつくと、ちょうど砂田さんが小屋から出てきたところだった。わたしたちに気がつくと砂田さんは、ほほっと笑った。

「砂田さん、チャッピーは？」

「大丈夫だよ。ほら」

砂田さんは網の中を指さす。

「動物病院に行ってきたよ。消化不良を起こして、おなかにガスがたまってたみたいだな。お薬のませて、処置してもらったからもう平気だよ」

「……よかった」

ほっとして小屋をのぞくと、チャッピーは前足で顔をこすっていた。その隣でマッピーがガジガジと木片で歯を研いでいる。平和な光景だった。砂田さんは言った。

「うさぎってほとんど鳴かないし、もともとおとなしいから体調不良でもすぐにはわかりにくいんだって。よく気がついたね、獣医さんもほめてたよ」

「わたしじゃないんです。弟が、チャッピーが元気ないって言ったから」

「そうか。弟くんは、普段からチャッピーのことが大好きなんだね」

砂田さんはそう笑い、「じゃあ、用事が残ってるから」と去っていった。

「松坂の弟、すごいな」

岡崎くんが言った。

うん、と答えたまま、じわっと涙が出てきてしまった。

スグルがチャッピーの体調に気がついたのは、普段からチャッピーのことが大好きだから。

つまり、わたしが唐揚げをふたつしか食べてないって気がついたのは、普段からわたしのことを思ってくれてるからだ。

チャッピーが元気になって安心したのと、スグルがすごいのと、わたしへの思いやりに心を打たれたのとで、わたしは涙が止まらなくなって、岡崎くんを動揺させた。

「おい、どうしたんだよ、松坂」

岡崎くんはこんなときでも大声だ。わたしは下を向き、長袖カーディガンの袖で涙をごしごし拭く。

そのとき、校庭から「たあああああーっ!」という雄叫《おたけ》びが聞こえてきて、わたしと岡崎くんは一緒にそちらを見た。

スグルだった。木刀を両手でつかんで走り寄ってきたスグルは、岡崎くんから二メートルほど離れたところでぴたっと止まり、木刀をつきつけた。

「お、おまえだろ、ねえちゃんのこといじめてんの!」

は、と岡崎くんは目を丸くする。

「おかしいと思ってたんだ、腕に変な落書きされてるし、昨日もなんだかしょげてたし。これ以上ねえちゃんのこといじめたら、おれが許さないからなっ!」

ふるふると、木刀の先が小刻みに揺れた。

木刀を握りしめた手も、へっぴり腰でガニ股に開いた膝も、必死で張り上げている声も、なにもかも震えている。体の縦も横も、岡崎くんの半分くらいしかないくせに。木刀で人を殴ったりなんかできないくせに。


バカだな。ほんとにバカ。

怖いのに立ち向かっていくなんて、本当に強いヤツ。

わたしのたったひとりの、ハラカラのきょうだい。

最高の弟だよ、スグル。


「大丈夫だよ、ありがと」

スグルに向かって左腕を伸ばしたら、カーディガンの袖が上がった。つるんと無地の肌が現れる。飼育当番と同時に、わたしの神様当番はもう、終わったらしかった。

三番

新島直樹

（高校生）

今朝、僕を起こしに来たのは黒い肉球だった。

そうだ、母さんは昨晩から二日続けて夜勤なのを忘れていた。オクラがぺたぺたと僕のほっぺを叩いてくる。オクラといっても、もちろん野菜じゃない。キジトラの猫だ。ひっかかれる前に起きなくてはならない。

オクラが僕を起こすのは、寝覚めの悪い僕が学校に遅刻しないようにという面倒見の良さからではなく、僕のことが好きでたまらないという求愛でもなく、単に「ごはん、くれ」という要望である。

父さんは単身赴任で福岡《ふくおか》、看護師の母さんはまだ職場から帰ってきていないだろう。目覚まし時計にセットした時刻よりも早めの猫パンチは、スヌーズよりしつこい。

鉄板が入ってるみたいに重だるい体を起こし、オクラと一緒に散らかった部屋を出る。リビングでカルカンを与えると、オクラは皿の中に顔をつっこみ、かりかりと音をたてて食事を始めた。

ぼんやりとした頭でその様子を眺めながら、僕はスマホを取り出してカメラアプリを起動させる。カシャリ、カシャリ。シャッター音に反応し、オクラがぴんと耳を立てこちらを向いた。カシャリ。

わかっているのかいないのか、オクラは写真を撮られるのがまんざらでもないらしい。丸い目を開き、ちょっとだけかしこまってポーズをとっているようにも思える。

スマホのアルバムにオクラの姿が数枚収められると、僕はソファに寝転がり、その中で一番よさそうな画像を選んでツイッターにアップした。

朝ごはん、ご満足の様子。＃オクラ

三十秒もしないうち、「いいね」がつく。アザミだ。僕が投稿すると通知が届くようにしてくれているのだろう。僕が彼女の投稿に対してそうしているように。

おはよう、アザミ。早起きだね。リアルにまるで希望が持てない僕に、唯一リア充気分を与えてくれる親愛なるフォロワー。

なんで男子校を選んでしまったのか、まあ、この乏しい地頭では選択の余地もなかったのだが、僕はこの春からバスと電車を乗り継いで一時間ぐらいの私立高校に通っている。

駅行きのバスは「坂下」という停留所から出ていた。なだらかで長い坂の下、歩道にぽつんとあるバス停だ。

今日は、外国人男性が一番目に立っていた。僕は彼の隣に並び、スマホを取り出す。七時二十三分のバスにはいつも、他にスーツのおじさんとOLっぽいお姉さんと、小学生の女の子がいる。毎朝毎朝、決まって顔を合わせるのに、言葉を交わすことはないしお互いのことは一切知らない。

どこに住んでいるのかも知らないアザミとは、しょっちゅうやりとりしてるのにな。

なんてね。やりとりといったって、「いいね」を押し合うだけのことだ。お互いにリプライひとつしたことがない。

でも。

たとえ投稿を読むわずか三秒でも彼女が僕のことを考えてくれる時間があって、「いいね」をタップしてくれる気持ちがあるのなら、僕はこの世界にいることを認めてもらえるような気がするのだ。アザミというひとがバーチャルではなく本当に存在するのかすら、うまく実感できなくても。

僕はイヤホンを耳に装着し、スマホでYouTubeのアプリを開いた。

雨音が三時間流れ続ける、お気に入りのチャンネルに合わせる。本当に、ひたすらずっと雨の音が流れているのだ。雨音をベースにしたヒーリングミュージックとかじゃなくて、ただただ、雨の音。

これを見つけたとき僕は、神様と出会ったほどの衝撃を受けた。革命といっていいくらいだった。永遠に続くかのような雨音は、僕の中の濁りを優しく強く洗い流してくれる気がして、どんな音楽よりも心が安らいだ。だけど、これを愛聴しているなんて誰にも言えない。根暗なやつだと笑われるに決まっている。

再生を押したはずみで、腕にかかっていたイヤホンのコードがきゅっと引っ張られ、耳から半分抜けそうになった。音漏れしたところで誰も雨音だとは思わないだろうけど、イヤーピースをぐっと耳の穴に深く押し入れる。

高校に入って、僕はやっとスマホを手に入れた。我ながらよく耐えたと思うのだが、それまで僕の「携帯電話」は、小学校から使っていた防犯ブザー付きのキッズ携帯だった。登録した十人としか電話やメールをすることができず、写真は撮れないし、ネットもできないし、アプリも入れられない。家族以外と話す用事があるなら家の固定電話を使えばいいというのが父さんの言いぶんだった。

SNSからは程遠く、スマホゲームの話になってもみんなが何を言っているのかわからなかった。もともとみんなでワイワイやるほうではなかった僕は、ライングループの輪に入れなくていつのまにか仲間から外れていたり、みんなが当たり前に知っている言葉やスマホの機能にまったくついていけないまま中学校生活を終えた。

僕が世間の情報に遅れるのも、友達となんとなく疎遠になってしまうのも、彼女ができないのも、ぜんぶスマホを持っていないせいだ。僕は本気でそう思っていた。合格通知を手にしたあと、入学の書類一式に目を通した母さんが「直樹《なおき》の高校、授業でスマホを使うこともあるんだって。もうそういう時代なのよ」と父さんにかけあってくれた。母さんはさすがに不憫《ふびん》な息子だと思っていたのだろう。おかげで僕はようやくスマホユーザーになった。最高の入学祝いだった。

これで僕もリア充になれる！

……と、希望に胸をふくらませて高校生になり、そろそろ二カ月がたつ。

僕にリア充の気配はまったく訪れない。クラスのノリになんとなくついていけず、いまだに誰ともラインのＩＤ交換をしていないし、学校に女の子がいないということでむしろ彼女ができるチャンスは減ってしまった。

ブックオフで一巻だけ買った『スラムダンク』に遅ればせながら感動しバスケ部に入ったものの、そもそも運動音痴で中学時代は美術部だった僕はたった二日間で脱落してしまった。新入生でもバスケ経験者ばかりの中、僕だけ先輩のパスの勢いにビビり、走り込みのきつさに音《ね》を上げて結局帰宅部だ。

それでもまあ、キッズ携帯を使い続ける生活に比べたらぜんぜんマシだ。リア充への到達地は見えないまでも、やっと人並みになれたという感はある。

スマホを持ってすぐ、リツイートするとゲーム機が抽選で当たるというキャンペーンを知り、ただそれだけのために僕はツイッターのアカウントを作った。ニックネームにあたるアカウント名が思いつかなくて、そばにいたオクラの名前を手っ取り早くつけた。ついでに写真を撮って、アイコンにした。

せっかくアカウント作ったしと思って、なんとなくオクラの画像をアップしてみた。見様見真似のハッシュタグ。#猫……とすれば、もっとたくさんの人に見てもらえたのかもしれないけど、僕はうっかり「#オクラ」とやってしまった。

その最初の投稿に、ふたつ、反応があった。ひとつは、園芸の業者っぽいアカウントからのフォローだった。よくわからなかったので、そのまま放っておいた。

そしてもうひとつ。

いいね、がついた。アカウント名はアザミ。球にトゲトゲがいっぱい刺さっている、針山みたいな赤紫の花のアイコンだった。その花の名前がアザミというのだと知ったのは、少しあとになってからだ。

アザミのツイッターに行ってみたら、性別も年齢も、何している人なのかもよくわからなくて、一貫性のないぽつんとしたつぶやきが並んでいた。「晴れた」とか「どこかの家からガーリックトーストの匂いがする」とか。そうかと思うと、なんだか哲学的な詩みたいな文章が突然現れたりもした。

知らない誰かの頭の中をこっそり見ているみたいで、僕はしばらくツイートをたどった。たまに、何かを持っている手が画像に映りこむ。

子どものころから一番好きだという『どんぐりと山猫』の絵本。お気に入りのジュース、ビックルソーダ。きれいな楕円《だえん》の爪に薄いオレンジのネイルが施《ほどこ》されていたから、女の人なんだな、とわかった。親指の第一関節の下には、三日月形の傷跡。僕には、なんだかそれがとてもファンタジックなものに感じられた。

それで僕は、そのアザミというアカウントをフォローした。初心者の無防備さが招いた気軽な行為だ。次の日、アザミからフォロー返しがきて僕のフォロワーはふたりになった。

一週間後に園芸業者からフォローは外されていた。以来、たまに金融系や出会い系がフォローしてきては、無視していると離れていく。好きなお笑いタレントやアニメの公式アカウントをいくつかフォローしたけどフォローバックはあるはずもなく、僕の固定フォロワーはアザミだけだ。アザミのほうも似たようなもので、作家やイラストレーターを数人フォローしているだけで、めぼしいフォロワーは僕以外にいないようだった。

ゲーム機は当選しなかった。だけどおかげで僕は、貴重な相互フォロワーをひとりゲットした。それから僕たちは、お互いに「いいね」を押し合っている。

街の風景を切り取ったような短い描写。天気や季節に感じること。読んだ本の感想。アザミの言葉はいつもさらりとしているけど、ほのかな温かみがある。

僕のほうは「僕」と書いてしまっているし、定期テストの数学が難しかったとか、学校の自販機にカフェオレが入ってラッキーなんてこともツイートしてるから、男子高校生だということは伝わっているはずだ。

そんな中、先週、ちょっとした事件が起きた。

アザミが突然、自撮り写真をアップしたのだ。びっくりした。

たぶん十代だろう。透明感のある白い肌に、ぱちっとした目元、ほっそりした頬と顎。ちょっとクールで知的で、どこか切なげな。本当にアザミの花のイメージにぴったりだった。口元には軽く握った左手が添えられていて、親指の第一関節の下に三日月形の傷がある。間違いなく、あの手の持ち主とこの美少女は同一人物だった。

僕は思わず、その画像を保存した。アザミ。彼女が、僕にいつもいいねをくれるあのアザミ。どきどきした。「いいね」のハートマークを押す指が、ちょっとだけ震えた。

次の日にはもうそのツイートは消えていて、僕は魚拓をとったことを自分自身に「でかした！」とほめたたえたい気分だった。

そうか、そうなんだ、アザミは僕と同じくらいの年の女の子だったんだ。こんなキレイな子だったんだ。それがわかると、彼女はかえってミステリアスに思えた。互いに押す「いいね」にも、さらに重みが出てくる。

恋なのかと聞かれたら、もしかしてきっとそうなんだ。

でも僕は、それ以上のことなんて何も望まない。実際に関係を持ってしまうことで、どう思われているんだろうと緊張したり、うっかり発言で嫌われたりするのが怖い。だったらこのままがいい。ぜんぜんリアルじゃないけど、しょせんバーチャルかもしれないけど。バズることも炎上することもない場所でひっそりと、僕たちは互いに「いいね」を、ただそれだけを、そっと交わすのだ。

朝の陽ざしを浴びながら、バスがゆっくり現れた。五月下旬、梅雨入り前の空は晴れているけど、イヤホンをつけたままの僕の中にはたっぷりと雨が降り注いでくる。


校門から校舎に向かう途中で、別方向から歩いてきた中田《なかた》と目が合った。

「よ」と言いながら中田はワイヤレスイヤホンを片方はずす。

「何聴いてるの」

僕が訊ねると中田は「スクパ」と答え、持っていた片方のイヤホンを僕によこした。スクエア・パーツという、若い世代に人気のロックバンドだ。受け取ったイヤホンをおっかなびっくり耳の穴に入れると、アップテンポな曲が耳に流れてくる。

「いいよね、スクパ」

僕はわかったような口ぶりで答え、顎でふんふんとリズムをとる。ちょうど差し掛かった、かろうじて知っているサビを鼻歌に乗せながらイヤホンを外し、中田に返した。

高価なイヤホンだと、知っていた。ツイッターのタイムラインに勝手に上がってくるPR投稿で見て、欲しいなと思って調べたことがあったのだ。一万八千円。今、中田が貸してくれたノイズキャンセリング機能付きのそれは、さすが、音がめちゃくちゃクリアだった。僕が中学のときから使っている九百八十円のコード付きイヤホンとは格段に違う。

中田はもう片方の耳に装着していたイヤホンにスッと指をやり、ちょっと操作してから外してシャツの胸ポケットに入れた。いちいちスマホを取り出さなくても、耳元で直接オフできるのだ。一連の動作がスマートで、ただ音楽を聴いていただけには見えない。まるで、地球防衛軍とやりとりしている近未来アニメの主人公みたいだ。

「先週、ライブに行ってきたんだ。このシングルもいいけどさ、カップリングの『はねかえした君の声』がめちゃくちゃいいんだよな」

中田の言うことに「へぇ」と相槌を打ちながら、僕は脳内で復唱する。はねかえした君の声、だな。ライブって、どうやって申し込めばいいんだ？

リア充って、中田みたいなやつのことを言うんだよな。

彼はわかりやすいイケメンというタイプではない。顔立ち自体はごく普通で、それがまた、いい。よくよく観察してみると、内面からにじみ出てくる聡明さというか、ブレない芯みたいなものを感じるのだ。それに気づいてしまったら最後、中田がやることなすことかっこよく見えてしまう。

特待生でこの高校に合格した中田は、入学式で新入生代表のスピーチもさせられていた。趣味の写真はセミプロ級で、フォトコンテストで何度か入賞しているらしい。

入学式の日から、名字が「新島《にいじま》」の僕と席が前後なおかげで少し話すようになった。でも中田は他に気の合いそうな明るいやつらとよく一緒にいるし、僕のことを友達とは思っていないだろう。その証拠に、ラインのＩＤも交換していない。

中田には言ってないけど、僕は時々、こっそり中田のインスタグラムをのぞいている。僕自身はインスタのアカウントを持っていないので、アプリではなくネットで見るのだ。どこに出かけたとか何を食べたとかじゃなくて、ため息の出るようなアート作品で埋め尽くされている中田のインスタ。一般高校生にしてフォロワー数一万人越えで、いつも四桁の「いいね」がつく。

中田の撮る写真は風景が多いのだが、たったひとりだけ、被写体として出てくる女の子がいる。

沙百合《さゆり》ちゃんという、中田の彼女だ。

彼女が登場するときの投稿に必ずつくハッシュタグはLily。沙百合の百合から取っているのだろう。先週末、僕たちの高校で行われた文化祭に沙百合ちゃんは来ていて、羨望のまなざしを浴びながらのお披露目となった。リア充の最たる行動だ。

クラス出店したチョコバナナの模擬店で僕が売り子をしていたら、ふたりが連れ立ってやってきた。ちょっと緊張した様子で中田のシャツの裾をつまんでいる沙百合ちゃんは、Lilyの名のとおり白い花みたいな女の子だった。純粋で高潔で、絶対に汚《け》がしたらいけない感じで。

写真でもかわいかったけど、実物はさらに生々しい魅力があって、僕は必死で会話の糸口を探した。白いビーズの指輪をしていたから「それ、かわいいね」と言ったら、沙百合ちゃんは「こないだ、フリーマーケットで中田くんに買ってもらったの」と照れくさそうに笑った。

「その日、沙百合の誕生日だったから」

中田が補足した。淡々とした口調だったけど、そのあとすぐに沙百合ちゃんが「それから、ユリの花束も」と言うと、さすがに真っ赤になっていた。

つきあってどれくらいたつのか知らないけど、下の名前じゃなく「中田くん」と呼んでいるのがなんだか品行方正な恋愛っぽくて、またうらやましい。

そんなことを思い出しながら一緒に教室に入ると、中田のスマホが着信した。沙百合ちゃんからラインらしい。中田は立ったまま返信をし、スマホを閉じた。

「仲いいな。喧嘩《けんか》なんかしないだろ」

僕がひやかすと、中田はスマホをズボンのポケットにしまいながら笑った。

「するよ。中田くんは私の話をちゃんと聞いてないって、よく怒られる」

……なんだ、それは。

のろけにしか聞こえない。あの清らかな沙百合ちゃんが、どんな甘い声で中田にわがままを言うんだろう。僕もそんなふうに、自分の彼女に怒られたい。

担任の先生が入ってきて、「プリント集めるぞ」と言った。先週の職業体験のレポートだ。しまった、今日提出だっけ。先生に怒られたって嬉しくない。僕はあわてて真っ白なプリントにいいかげんな感想を書き込む。僕はいつもこうだ。忘れ物が多くて、成績もぱっとしなくて。リア充にはまったく、程遠い。

翌朝、停留所にはまだ誰も来ていなかった。珍しく僕が一番乗りらしい。

遠目に、バス停の台の上に小さな箱があるのが見える。近寄ってみて驚いた。

ワイヤレスイヤホンのパッケージだ。「おとしもの」と、殴り書きみたいな字で書かれた付箋がついている。

僕はあたりを見回し、箱を手に取った。

中田が持っているのとはまた違う。僕は箱に書かれた品番をスマホに打ち込み、検索してみた。三万五千円の値がついている相当グレードの高いやつだ。箱は真新しくて、その重みからして中がカラというわけでもなさそうだった。

……こんなの、持ってたら。

それだけでリア充っぽい。音楽に精通していて、経済的にも満たされていて、イケてるムードを醸し出せるだろう。中田だって、僕がこれを使っていたら「新島もなかなかやるな」と一目置いてくれるかもしれない。

落とし主にしたって、こんなところに置いてあるなんて思うだろうか。バスから降りたときにうっかり落としたのかもしれないけど、そんなに大事ならもっと鞄《かばん》の奥深くに入れておくだろう。むき出しのままぽろっと落として気づかないなんて、これくらいの物は屁でもないほどの金持ちかもしれない。

そう思いながら、ドキドキしていた。「それ、俺の」と言って誰か来てくれないかと、僕はさらにあたりを見回した。

……………誰もいない。

いつもバス停に集まる面々も、まだ来ない。

心臓が破けそうなくらい、ばくばくと早打ちしていた。だめだ、だめだ、だめだ。体の奥にいる何かにそう言われている気がする。なのに、ねっとりした欲望が理性をわずかに上回った。手に入れたい。イヤホンを……リア充の端っこを。

通行人すらひとりもいない道の隅で、僕は箱をリュックの中に入れた。

昼休み、僕は裏庭で誰もいないのを確かめると、箱を開けた。

まばゆいばかりの新品ワイヤレスイヤホンと説明書が入っている。「ブルートゥースでスマホとペアリングさせる」というようなことが書いてあって困惑した。電子機器に疎い僕には、その意味がすぐには呑《の》み込めなかったのだ。今日はずいぶん蒸し暑いけど、額の変なところから出てくる汗はそのせいだけじゃなさそうだった。

説明書を見ながらスマホをいじっていると、思ったより簡単にペアリングに成功した。なんだ、できるじゃないか、僕だって。

ちょっとした達成感のうち、耳にイヤーピースをはめこむ。穴にしっかりフィットして、それだけで感動を覚えた。

スマホでYouTubeを開く。三秒迷ってから、僕は検索画面に「スクエア・パーツ」と打ち込んだ。中田が言っていた『はねかえした君の声』をタップし、目を閉じる。

初めて聴く曲だった。日本人なのに流暢《りゅうちょう》な英語で、ボーカルが早口に出だしを歌う。リズミカルでポジティブなメロディライン。歌詞が日本語に変わり、どうやらそれは恋人を賛美する歌らしかった。

低音までクリアに響いて心地いい。何より、イヤホンにコードがないことはこんなにも解放感を得られるものなのだと体感した。今僕は、フリーダムな文明人だ。

そうだ、写真を撮ってツイッターにアップしよう。新兵器、入手！　そんな投稿をしよう。

でも、カメラを起動させた瞬間、手が止まった。

──アザミはきっと、その投稿に「いいね」をくれる。

「…………」

僕はスマホをポケットにしまい、イヤホンを箱におさめた。

これで雨音チャンネルを聴いたらどれだけ美しいだろうと思いながら。

翌朝、またオクラに起こされた。

オクラの首筋をなでようと手を伸ばし、違和感を覚えた。寝ぼけてぼんやりした視界に見慣れない模様がある。

腕に何かついてる？

パジャマ代わりの半袖Tシャツからは、むき出しの腕が伸びている。その内側にくっきりと太い文字で、四つの漢字が縦に並んでいた。

神様当番

「……………は？」

何が起きたのかわからず、僕は寝転んだまま腕を眺めた。

「これなに、オクラ」

昨日から母さんとは入れ違いだし、もちろんオクラのはずもないのだが、そこにいるから聞いてしまった。すると、オクラじゃない声が返ってくる。

「お当番さん、みーつけた！」

度肝をぬかれた。いつからいたのか、ベッドの端にお爺さんが正座している。額から上はつるりとしているのに耳の脇にはふわふわと豊かな白い毛がふくらんでいて、なんだかプードルみたいだった。

「だ、だれ」

僕が身をすくめると、お爺さんはウヒャッと笑った。

「わし？　わし、神様」

「……神様？」

お爺さんはエンジ色のジャージ上下を着ていて、小学生みたいに小さかった。オクラがすとんとお爺さんの膝にのぼった。家族以外には警戒心の強い猫なのに、珍しい。お爺さんはオクラの背をいとおしそうになでている。

なんだろう、これは。この人が神様だとしたら、まさか僕……。

僕が自分の体を確かめるようにさわっていると、お爺さんは言った。

「大丈夫。ちゃんと生きておるよ、ナオキング」

僕は目を見開いた。ナオキングって、どうしてそれを。

僕のツイッターのアカウント名は「オクラ」だ。でも、最初にアドレスにあたる@のついたユーザー名を設定するとき、僕は自分の名前の「直樹」をもじったnaokingとし、その後ろに誕生日の数字をつけた。あらためて人から「ナオキング」と呼ばれると恥ずかしいこと極まりない。キングなんて、いかにも自信過剰な。

混乱した頭で僕は目の前の光景を見た。

妙になついているオクラ。

誰も知らないはずのナオキング。

いったい、このお爺さんは何者なんだろう。僕がいぶかしんでいると、お爺さんはかくんと首を傾けた。

「ねえ、ナオキング。お願いごと、きいて」

「お願いごと？」

「うん。わし、リア充になりたい」

……………は。

「わしのことリア充にして」

「な、なんで僕がそんなこと」

「だってわし、神様だもん」

僕は眉をひそめる。いくら僕がぼんくらな高校生だからって、そんなの信じるとでも思ってるのか。そう言い張るなら対抗するまでだ。

「逆でしょ。神様が人間の願いを叶えてくれるんじゃないの？　僕をリア充にしてよ」

「だめだめ。お当番さんのナオキングがわしのことリア充にしてくれないと」

わけがわからないまま、僕は頭を抱える。僕がこのお爺さんをリア充にするって？

そうだ、あのイヤホン。今日も早めにバス停に行って戻してこようと思っていたけど、あれをあげたら満足するかもしれない。

僕は通学に使っているリュックの中を探った。

「……あれ」

イヤホンがない。

「どうしたの。わしのことリア充にしてくれないと、お当番終わらないよぉ」

「いや、たしかにここに入れておいたんだけど……」

「それがあれば、リア充になれる？」

……違う。

そうか、お爺さんはお見通しだ。僕がイヤホンを盗んだことを知っているんだろう。あのとき僕は、誰かのものを安直に手に入れてリア充になろうとしてた。あれは何かのテストだったのか。やっぱり僕は劣等生だ。高校生としてというより、もう、人間として落第かもしれない。

「世界最強、ナオキーング参上！」

お爺さんは片腕を天井に向かってぴっと伸ばし、戦隊ヒーローみたいなポーズをとった。僕は必死で手を合わせる。

「た、たのむからナオキングって呼ぶの、やめてください」

「だって、直樹は本当はナオキングなんじゃろ？」

何か奥のほうを見透かされたような気がして、一瞬、ぐらりとくる。

かになった。

「じゃ、わし、待たせてもらうわ」

突然、オクラがお爺さんの膝から降りた。それを合図のように、お爺さんはぽんと丸まって小さな玉になった。いや、玉というより、マップアプリのピンマークみたいだ。びっくりしているとピンマークは僕の左手めがけて飛んできて、そのまま手のひらの中にすぽんと入っていく。スマホのバイブみたいに腕がぶっと振動し、すぐ静かになった。

「……………マジで」

急にシンとした部屋で、僕はオクラと顔を見合わせる。ここに、この腕の中に、あのお爺さんが入り込んじゃったのか。

本当に、本当に本当に神様だったんだ……！

オクラは特に驚いた様子もなく、すました顔で毛づくろいを始めた。

目覚まし時計のアラームが鳴る。すべてが夢だったんじゃないかと僕はあらためて腕に目をやり、見紛《みまご》うことなき「神様当番」の文字を何度も確かめた。

ゴールデンウィークが明けたころから、学ランを着てくる生徒はほとんどいない。大半が白シャツ一枚で登校していて、暑い日は袖を軽くまくったりもしている。

しかし僕は、腕の文字をしっかり隠すために学ランを着て登校した。とりあえず、この文字を誰にも見られないようにしなくては。

うまく隠せたと思ったものの、神様は当番を忘れさせてくれなかった。

昼休み、クラスメイトが四人、教室の隅にかたまっていた。そばを通ると、スマホゲームをやっているらしかった。いいなあ、と思った次の瞬間、左手が勝手に動いて学ランのポケットからスマホを取り出し、彼らに向かってにゅっと突き出したのだ。

あせった。神様が勝手に左手を操縦《そうじゅう》するなんて、そんなシステム聞いていない。

四人はぽかんと僕を見た。変な間ができて、僕はごまかすための愛想笑いをする。するとその中のひとりが「新島もやる？」とフランクに声をかけてくれた。

「あ。う、うん」

仲間に入れてもらうのは、びっくりするくらいスムーズだった。もっと変な目で見られたり、拒否られるかと思ったのに。

彼らがやっていたのは「荒野行動《こうやこうどう》」というゲームで、僕は一段落つくまでなりゆきを見たあと、アプリをインストールしてその輪に加わった。

ちょっとだけ気疲れしたけど、嬉しかった。五限が始まる前、自分の席でふうっと息を吐きながら頬杖をついたら、中田が僕を見てぶふっと吹き出して言った。

「なに？　どうしたのそれ」

はっと左腕を見る。しまった、学ランを着ているから大丈夫なんてことはまったくなかった。頬杖をつくと袖が下がり、一文字だけばっちり見えてしまっている。

神

怪しい。怪しすぎる。僕はあわてて明るく言った。

「あっ、これね。ちょっと……こ、神戸屋《こうべや》でパン買ってきてって頼まれてたの、忘れないように腕にメモっとこうと思ったらでかく書きすぎちゃって」

「ああー」

中田は笑ってうなずく。

「よかった。神っておまえ、ヤバい奴なのかと思った」

泣きそうになりながら僕は必死で笑う。

勘弁してくれ。いつになったら当番が終わるんだ。神様をリア充にするって、いったいどうやって。

リア充って……そもそも、リア充ってなんなんだろう。

「彼女だよな……」

思わずひとりごちると、中田が目を丸くした。

「彼女？　新島、彼女に神戸屋のパン頼まれたの？」

「……ま、まあね」

嘘をついた。

「いるんだ、彼女。どんな子？」

中田はニヤニヤと顔を近づけてくる。

僕はスマホを取り出し、保存してあったアザミの画像をさっと見せ、すぐに閉じた。

「そんなんじゃわかんないだろ、ちゃんと見せろよ」

「だめ」

こんなキレイな子、ちゃんと見られたら信じてもらえるわけない。僕とはまるでつりあわないんだから。

中田みたいだったら、よかったな。もっと自信が持てたのに。


こないだのスクパのライブ、最高だった。

『はねかえした君の声』っていうカップリング曲が好き。

夕方、帰りのバスでそんなツイートをする。いい曲だと思ったんだ、好きなのは本当だ。

このツイートは、何パーセントの嘘だろう。そして何パーセントのリアル？

その日の夜、アザミの投稿通知が鳴った。

開いてみると、「シネマスター」という単館映画館のリツイートだった。『青、そして猫』というタイトルの洋画らしい。僕の知らない映画だったので、そのツイートからホームページに飛んでみた。

フランスの映画監督が作ったドキュメンタリーフィルムだ。モロッコのシャウエンという街にいる猫たち。特に話題にもなっていないし、その映画館でも一週間しか上映していない。上映時間も一日に一回だけだ。知る人ぞ知るマイナーな映画のようだった。

でも僕の胸は高鳴っていた。シネマスターは、僕の家から二駅の近距離なのだ。

アザミがどういう理由でこれをリツイートしたのかわからない。単におもしろそうだからか、猫が出てくるからなのか、それとも、アザミもシネマスターに足を運べるくらい近くに住んでいて、行きたいってことなのか……。

突然、左腕がバイブした。「うぇっ？」と声を上げた瞬間、手のひらからびっくり箱みたいにぴゅんと神様が飛び出してくる。

「ちょ、ちょっと、こんな登場の仕方って！」

あわてふためいている僕を尻目に、神様はあっけらかんと言った。

「早く慣れてね」

「はあ？」

僕は手や腕をさすった。どうなってるんだ、いったい。手のひらに穴が開いているわけでもないのに。

オクラは部屋の隅のクッションの上で、しっぽをゆらりと動かしながら神様を見ている。

「オクラちゃあん」

神様に呼ばれるとオクラは、なーん、と返事をして神様の脛《すね》にすり寄っていった。

「わし、猫好き」

神様はしゃがみこんでオクラをなでまわし、ほおずりしている。

「オクラちゃーん、ナオキングがなかなかわしのことリア充にしてくれないの」

「だ、だから、どうすればいいのか言ってよ」

にやり、と神様が顔を上げた。

「わし、明日シネマスターに行く。猫の映画、観る」

「は」

「そんで、ひょっとしてアザミに会う」

「……いや、それは」

「行くのー、シネマスター！　ナオキングが行ってくれないとわし、行けんもん」

つまり、腕にとり憑《つ》いてるからか……。そんな漫画があったよな。

こぶしを握ってぶんぶん振り出した神様に驚いたのか、オクラがしっぽを上げてクッションに戻っていった。神様が叫ぶ。

「バーチャルを超えたいの！」

僕はハッとする。

このリツイートを見たときの胸の高鳴りは、そういう理由だった。

アザミとは現実に会えなくてもいい、このままがいいって思ってたはずだ。なのにこんなふうにドキドキしたのは、会えるなら会いたいと心の奥底で願っていたからだ。

「……だけど、アザミが来るかどうか」

「こんなチャンス、逃すわけ？」

チャンス。

うん、そうだ。アザミは僕の顔を知らない。

アザミを見るだけ。話さないでいい、ただ見るだけ。それだけなら……。

翌日、午後一時半の上映に合わせて、一時前にシネマスターに着いた。

ロンTを着てみたけど、また何かの拍子に見られたら困る。中田に「神」をからかわれた失敗から学んで、念には念を入れることにした。

そうだ、と思いついて僕は左手首に包帯を巻いた。これなら、ちょっと手首をひねって捻挫でもしたくらいにしか思われないだろう。

シネマスターは客席数六十の小さな映画館で、来ている人もまばらだった。何度も見たあの自撮り画像を頼りに目を走らせたけど、それらしい女の子はいない。

チケット売り場の前がちょっとしたロビーになっている。僕は自動販売機でカフェオレを買い、その脇に置いてある長椅子に座った。

中学生ぐらいの女の子がトイレから出てきて、自動販売機の前に立った。胸にムーミンのワッペンがついたパーカーに、ジーンズを穿いている。違うよな、アザミはこんな子どもっぽくない。

女の子は自動販売機のラインナップを確認し、財布から小銭を出した。人差し指をボタンにあてている姿をなんとはなしに見て、僕はカフェオレを吹き出しそうになった。

親指の、第一関節の下。三日月形の傷。

アザミ？

僕は息を止め、女の子の顔を見た。いや、別人だ。アザミはもっとこう、すらっとして、はかなげで……。

その女の子は丸顔で、目が小粒で、そばかすがあった。

でも女の子が買ったのはビックルソーダだった。アザミのお気に入りの。目が合った。僕は顔をそらせず、思わずじっと彼女を見てしまった。女の子が何かに気づいたようにびくっとする。まさか、って表情だ。そこまできてやっと僕はそっぽを向いたけど、あきらかに挙動不審になってしまった。

ぐびぐびとカフェオレを飲む視界の端で、女の子が顔をさっとそむけるようにして館内に入っていく。

三分ほど待って、僕も館内に入った。女の子は前から三列目の端っこに座っていて、僕は四列目の逆側の端に腰を下ろした。小さな空間では、それでじゅうぶん、彼女を観察することができた。

なんだか、同じ教室にいるみたいだ。クラスメイトの女の子を見ているような。

上映を知らせるブザーが鳴り、場内が暗くなる。いくつかの予告のあと、『青、そして猫』が始まった。

道も壁も階段も真っ青な街、シャウエン。物語があるわけではなく、幻想的なブルーの世界で自由に過ごしている猫たちをただ追っただけの映像だった。写真集をめくっているような感覚にとらわれながら気もそぞろで、内容はあまり頭に入ってこない。エンディングロールが終わって灯《あか》りがつくと、もう、女の子はいなかった。


そのまま家に帰る気になれず、駅構内のスターバックスのカウンター席で僕はぼんやり考えた。

あれはアザミだった。あの写真とは違ったけど、妙な確信があった。

彼女のほうも、僕がオクラなんじゃないかと、確信とはいかないまでも疑惑を抱いたに違いない。

……でもあの顔写真。

釈然としない想いでアイスコーヒーの氷を眺める。

「あれ、新島？」

名前を呼ばれて顔を上げると、カップを片手に持った中田が立っていた。

「ひとり？」

「うん」

僕がうなずくと中田は軽く指を立て、僕の隣の席をさした。座っていいか、の確認だろう。僕はもう一度うなずく。

「中田もひとり？　沙百合ちゃんは」

「ここで待ち合わせしてるんだ。この近くのギャラリーで写真展があって……」

そう言いかけて、中田は僕の左手首に目を留めた。

「新島、おまえ」

怖いくらいに真剣な表情で、中田は僕を見る。

「へ？」

「まさか、なんか思いつめて……」

「え？　いや、違う違う！」

中田は昨日みたいに茶化したりしなかった。そうか、左手首に包帯って、自分で刃物あてたんじゃないかって誤解を生みかねないか。

「悩みがあるなら話せよ。俺でよければ」

中田は声をひそめた。優しかった。なんだかぐっときた。中田と僕、まるで友達みたいじゃないか。

「………ありがと」

　僕はうつむいて礼を言ったあと、顔を上げた。

「写真展って、どんな」

　僕が訊ねると、中田はチラシを見せてくれた。

「樋口淳《ひぐちじゅん》って、フォトグラファーの。俺、ファンでさ」

「中田は写真、いつからやってるの」

「小学三年生のときから。今やスマホのおかげで国民総カメラマンの時代だけどな。しかも、めちゃくちゃ性能のいい加工アプリいっぱいあるし」

　加工アプリ。

　僕はどきんとして、手元のアイスコーヒーをぐっと握る。

「加工アプリって、あの、顔がウサギとか猫になるやつ？」

「まあ、そういうのもあるけど、肌をきれいにしたり、顔の形とか目の大きさとか自在になるの。誰でもチョイチョイッと絶世の美女だよ」

　そうなんだ。知らなかった。動物になるだけだと思ってた。

「そもそも、加工なんかしてなくたって写真は嘘つくからな。沙百合がすごいブサイクに写るときもあるし」

　つまり実物はとってもかわいいのに。

「なんだ、結局のろけかよ」

僕が笑うと、中田は口をにいっと横に広げた。

沙百合ちゃんがやってきて、僕に軽く目礼する。カップを持ち、中田は「じゃあな」と店を出ていった。


夜、僕は部屋でひとり、あらためてアザミの画像を開いていた。

左腕がバイブし、ぽん、と神様が現れる。

「騙《だま》されたっ！」

出てきていきなり、それだ。

でも神様は怒ってはいない。それどころか、げらげらとおなかを抱えて笑った。

その姿を見て、やっと体の力が抜けた。

そうなのだ。騙された、と僕は正直思った。

でもそれは、怒りや落胆ではなかった。それよりも、なんというか……くつくつと、腹の奥からほほえましさがこみあげてくるような。

騙された。なあんだ、違うじゃんかよ。

神様の笑い声につられて、僕も笑った。もやもやと形にならなかった感情が、くっきりしてくる。

アザミのツイートをたどっていく。

どんぐりと山猫。ビックルソーダ。虫の中ではトンボが好きでアブが嫌い。心がざわざわするときは、クレヨンで絵を描いてみる。さっとゆでただけの春野菜がきれい。

違和感がなかった。むしろ、あの女の子のほうがこれまでのアザミになじんだ。

「わしさぁ、この写真のアザミちゃんも美人だけど、実物のあの子もかわいいと思うのよ」

「……うん。僕もそう思う」

「ねえ、わし、あの子と仲良くなりたい」

「へ？」

「お近づきになりたいの。リア充になりたーい」

「アザミに神様を会わせるってこと？」

神様は自分の胸元で人差し指を突き立て、チッチッチッと左右に振った。

「飲み込み悪いなあ。だからぁ、わしがナオキングの中にいて体験するの。ナオキングがガンダムで、わしがアムロ・レイ」

「ええー……なにそれ」

「ナオキング、あの子とお近づきになってよ」

「いや、でもそれは。あっちだって僕のことどう思ったか」

そうだ。目下の問題は、どちらかというとそれだった。

想像してたよりもさえない男だったと思われたかもしれない。ツイッターでいいねを押し合ってるくらいならいいけど、リアルで関わりたいなんてアザミのほうはこれっぽっちも望んでいないかもしれないじゃないか。

「神様、いきまーす！」

神様はぱっとピンマークになる。そして、あっというまに手の中に入っていった。

そして左手はスマホを持つとツイッターアプリを立ち上げ、親指だけで器用に文字を打ち始める。

シネマスターで『青、そして猫』鑑賞。すごくよかった。

明日、もう一度観に行く。……また会えますか。

な、なんだこのツイートは。あきらかにアザミに向けた個人的なメッセージだ。それに、「……また会えますか」って、乙女のポエムかよ、痛々しいだろ、これ。

こんなのアップするなんて恥ずかしい。止めようとしたけど、強引に送信ボタンを押されてしまった。僕はハーッとため息をつく。

――だけど、もしも。

もしもアザミが、あのとき目が合ったのが僕だと気づいて、僕に会ってもいいと思ってくれるなら、明日も来てくれるかもしれない。

いつもより遅く二十分ほどたって、アザミから「いいね」がついた。


翌日の日曜日、僕はまた一時にロビーで待った。

包帯はよけいな想像というか心配をさせる。いろいろ考えた末、ナイキの赤いリストバンドをしていった。

中学を卒業したあとの春休み、高校に入学したらバスケ部に入ろうと決めて、僕はまずこれを買った。しかしそれは、使う間もなく無用の長物となった。でもまあ、いい。思わぬところでこんなふうに役に立った。

ドキドキしながら待っていると、自動ドアが開き、果たしてあの女の子が入ってきた。

やっぱり……やっぱり、アザミ？

突然、左手が勝手に「やあ」とでもいうように挙がってヒヤッとする。うわーっ、暴走しないでくれ、神様！

あわてて下ろそうとしたけど女の子は気づいてしまい、ぎゅっと唇を嚙んで、僕に向かって会釈してきた。これで決定的になった。彼女が、アザミだ。

こうなったら腹をくくるしかない。僕は立ち上がった。

「あ、あの、アザミ……アザミさん？」

アザミはこくんとうなずく。

昨日のジーンズにパーカー姿とは違って、苺色のワンピースを着ていた。まつげにはマスカラの黒いダマダマがついている。慣れない化粧をがんばってしてきたという感じだ。

「は、はじめまして。オクラです」

「……はじめまして」

ロビーの入り口で、向かい合ってふたり黙る。

僕は大きく息を吸い込み、なんとか笑顔を作った。

「僕、新島直樹っていうんだ。直樹でいいよ。アザミのことはなんて呼べばいい？」

「……アザミ」

「あ……うん。だよね」

そっか。まだ本名とか、早かったか。

「えーと。映画、観る？」

「うん」

券売カウンターに行き、先にチケットを買った僕に続いてアザミが「高校生一枚」と言った。中学生じゃなかったんだ。

「学生証をお持ちですか」

受付スタッフがアザミに声をかける。

あ、と言いながらアザミはバッグを探った。

学生証がぽろりと、僕の足元に落ちた。拾い上げて、思わず名前を見てしまった。

Y高校二年生、村山菊子《むらやまきくこ》。

アザミは、あちゃ、という顔をした。

Y高校といえば私立の女子高だ。そして二年生だったのか。こんなに幼く見えるのに、年上だったとは。

僕たちはなんとなく黙ったまま、まだ明るい館内に入った。中ほどの席に並んで座る。席替えのくじ引きで、隣になったみたいに。

消え入りそうな声で、アザミが言った。

「……見られちゃった。菊子なんて、恥ずかしい」

「なんで？　かわいいと思うけど」

ごくシンプルな感想だった。

アザミはぱあっと赤くなり、何か弁明するように早口で言った。

「だって、なんか今っぽくないし。小学校のとき、お菊人形って何度からかわれたか」

「人形ならいいじゃん、それ褒められたんじゃないの？」

「菊人形じゃないよ、お菊人形だよ。髪の毛伸びるやつ。ホラーだよ？」

「……それはちょっとイヤかも」

僕が宙を見ながら言うと、アザミはぷっと吹き出す。

「……なんか」

「ん？」

「ほっとした」

ふわっと笑ったアザミのまなざしが、僕に投げかけられる。

「アザミじゃなくて菊子でいいよ。本当は気に入ってるんだ、自分の名前」

僕もなんだかホコッとした気持ちになった。

「自分が気に入ってるならいいじゃん。人にどう思われたって」

「だよね」

ふたりで顔を見合わせ、僕たちは、ふ、と笑い合った。

ブザーが鳴って、照明が落ちた。昨日と同じ予告のあと、同じ映像が流れる。気もそぞろだった昨日と比べて、しっかり楽しく観ることができた。

僕の隣でくすくす笑う丸顔の女の子はアザミから菊子になって、僕のリアルな世界に少しずつなじんでいった。

上映が終わってから映画館を出ると、僕たちはどちらからも次の行動の提案ができなくて、道なりにただまっすぐ歩いた。交差点のあたりで、菊子が「ここを曲がると、公園があるんだよ」と言った。映画を観た帰りに、たまに寄るらしい。

ふたりで公園までたどりつくと、僕は入り口の自動販売機でカフェオレを買った。受け口から取り出したあと、左手が勝手に財布から小銭を出して再び挿入する。菊子の分も買え、ということだろう。そうだよな、ここは僕がごちそうしてあげるんだ。やるじゃないか、アムロ・レイ。神様の気の利く行為に初めて感謝しながら、僕は菊子を振り返る。

「え、と。これでいい？」

ビックルソーダを指さす。菊子は一瞬、ぱっと目を見開いたあと、ニコッとうなずいた。

……ちくしょう、かわいいな。

僕はビックルソーダを取り出し、菊子に渡した。ありがとう、と素直に受け取る菊子の指。ずっとスマホの画面で見ているだけだったこの手が今、目の前で動いている。

公園は広くて、いろんな樹が植えられていたり、ちょっとした芝生の広場もあった。

僕たちは歩きながら、ぽつぽつと、いろんな話をした。オクラは母さんが連れてきた保護猫で、オクラを好んで食べるからそう名付けたこと。菊子は家庭科の宿題で献立《こんだて》を考えなくちゃいけなくて、オクラのレシピを検索しようとしたら僕の投稿にヒットしたこと。

『青、そして猫』の中で、ぐっすり眠っている白黒の猫が一番かわいかったということ。

「日光東照宮に眠り猫ってあるでしょ。あれみたいだったね」

日光東照宮なら、小学校のときに行った。このあたりの小学生はみんな、学習遠足で日光に行くのだ。参道手前の入り口にある猫の彫刻で、ごていねいに「↑頭上・眠り猫」って看板があったからよく覚えている。

「猫、ほんとに好きなんだね」

「うん。幼稚園のころね、読み聞かせのボランティアがたまに来てたんだけど、その中にすごく上手なお姉さんがいて。そのお姉さんの『どんぐりと山猫』を聞いてから、猫も本も大好きになったの」

『どんぐりと山猫』といえば、宮沢賢治だ。僕がちゃんと知っているのは国語の教科書に載っていた『雨ニモマケズ』ぐらいかもしれない。意味がよくわからないまま

「ミンナニデクノボートヨバレ」ってところがおもしろいなと思ってたけど、よく考えたらひどい話だ。でくのぼうなんて呼ばれたら、僕は悲しい。当たってるだけに。

菊子はちょっとうつむいて、つまらなそうに言った。

「でも私、猫アレルギーなんだ」

「えっ、そうなの」

「すごいの。さわったりしなくても、同じ部屋にいるだけでくしゃみが止まらなくて、蕁麻疹《じんましん》が出たりして。だから、ネットとかテレビで見てるだけ」

それは気の毒な話だ。想像もつかない。

「だからずっと、猫に片思い。近づくこともできないんだもの。私にとって猫はほとんどバーチャル世界の生き物だよ、アニメキャラみたいなもん」

菊子はまぶしそうに僕を見た。

「いいなあ、直樹くんは。リアルに猫と暮らしてるんだよね」

……そうか。あんまりピンときていなかった。肉球に起こしてもらうなんて、それがどれだけ幸せなことか。

木陰に小さなベンチがある。僕たちはそこに座った。

僕のはめているリストバンドを指さし、菊子が言った。

「スポーツやってるの？　運動部？」

思わず「うん」とうなずいてしまってから、罪悪感がちくりと胸を刺す。でも「ファッションで」と言うのはもっと憚《はばか》られたし、「ただいま、神様当番で」なんて言えないから仕方ない。

菊子は続けて訊いてくる。

「何部？」

「えっと、バスケ？」

「バスケ！」

なぜか菊子が嬉しそうに声を上げた。あわてて飲み込んだカフェオレが、ゴボッと喉《のど》に流れていく。

「リストバンド、普段からしてるの？」

「してると落ち着くっていうか、僕、汗っかきでさ。額とかぬぐうのに便利で」

しどろもどろになりながら、本当に汗が出てきた。リストバンドを額にあてる。

「もしかして、レギュラーだったりして？」

「まあ……」

どうして。どうして、どうして否定しないんだ。嘘が嘘を積み重ねて地層になっていく。

「すごいね！　一年生でレギュラーなんて」

「いや、そんなたいしたことないよ」

僕は話題を変えようと、キョロキョロあたりを見回した。菊子が目を輝かせる。

「あ、ほら。この公園、バスケットゴールがあるんだよ」

息が止まった。

ほんとだ、気がつかなかった。菊子が指さすほうに、樹に囲まれたバスケットゴールがひとつ見える。

菊子が残念そうに言う。

「あー、ボールがあればなあ」

「ほ、ほんと、ボールがあればなあ」

「私は運動神経ないから、尊敬する。スポーツ観戦は大好きなんだけどな。試合の応援とか、行ってもいい？」

「……え」

それまで無理やり作っていた笑顔がさっと引いた。

どうしよう、今ならまだ、冗談だったと取り消せるだろうか。でも、こんなに「すごいね」とか「尊敬する」とか褒めてもらったのに。言われ慣れないから気持ちよくて、ますます否定できなかった。

僕は下を向いて、ぼそぼそと答える。

「それはちょっと……まずい、かな。他校生は」

少しの間のあと、菊子が言った。

「そっか。そうだよね」

必死で笑っているのがわかる。

なにか、別の話題を提供しなくては。オクラの話とか、菊子の好きな食べ物は何とか。そう思うのに、なにひとつ口にできず、僕たちはしばらく黙り込んだ。

沈黙を破ったのは菊子だ。

「あの、さ。私の自撮り写真……」

「うん？」

「違いすぎて、びっくりしたでしょ」

菊子は申し訳なさそうにうなだれる。僕は大げさなくらい首をかしげてみせた。

「んー、そうだったかな」

「ごめんなさい、嘘ついて。加工アプリの度が過ぎたよね」

僕は下手な芝居を続ける。

「そうだっけ？　あれ、すぐに消しちゃったじゃん。だからよく覚えてない」

「……ほんとに？」

「うん」

菊子は肩を揺らして息を吐き、ビックルソーダを一口飲んだ。

「直樹くん」

「はい」

僕をじっと見つめる、ふたつの瞳。ちょっと潤んでいる。見とれていたら、菊子の唇が動いた。

「また会ってくれる？」


ニヤニヤが止まらない。

「あー。リア充っていうのは、こういうことを言うんだなあ」

僕は部屋でひとり、声に出して言った。一応、机に向かって英語のワークブックを開いてはいるけど宿題なんてやれるかよ。

また会ってくれる？　だって。目をきらきらさせてさあ、こう、一生懸命な感じで。んふふふふ。ふふふ、ふふふふふふ。ワークブックの隅に「菊子」と書いて、ハートで囲った。

でもおかしい。腕の文字はいっこうに消えてくれない。

なんでだ？　菊子とちゃんと正式につきあうことにならないと当番は終わらないの

か。

だけどそれも時間の問題だろう。うっかりラインのＩＤを交換するのを忘れたけど、まあ、いい。

ツイッターにはダイレクトメッセージという機能があるのだ！　家に着いた頃に、菊子が「今日はありがとう」って送ってくれたのだ！

ハッハッハッ、と高笑いをしたところで、左腕が震えた。神様のお出ましだ。当番終了の知らせかもしれない。

「もうっ、なにやってるの、ナオキング。わし、リア充になりたいって言ってるのに」

神様は腕組みをして、ぷんと頰をふくらませた。

僕はあっけに取られて訊ねる。

「なんで？　もうリア充じゃん」

女の子のほうからまた会いたいなんて言ってもらえたんだぞ？　十六年の人生の中で、大快挙じゃないか。

神様はぽりぽりと顎を搔く。

「ナオキングにとってリア充って何よ？」

「……何、って」

僕は考え込む。

そうなんだ、ずっと考えていた。

リア充って、なんだ？　黙ったままワークブックに目を落としていると、神様はまた手の中に戻っていってしまった。

腕の文字が消えないというのは、神様が納得していないという証《あかし》にちがいない。

翌日、僕はダイレクトメッセージで菊子をシネマスター近くのギャラリーに誘った。ちょっと調べてみたら、中田が言っていた樋口淳の写真展が水曜日までだったのだ。午後八時までやっているらしい。

水曜日の放課後、僕たちはシネマスターのある駅で待ち合わせ、ギャラリーへと足を運んだ。写真展は思ったより小さなスケールであっというまに見終わってしまったけど、とてもよかった。毎日のささやかな喜びや、誰かを思う優しい気持ちが伝わってくる写真ばかりだった。

ギャラリーを出てもまだ明るかったので、僕たちはあの公園へ行った。僕が自動販売機の前に立つと菊子は、「こないだおごってもらったから、今日は私が」と言ってカフェオレのボタンを押してくれた。

このあいだと同じベンチにふたりで腰かけ、一緒にドリンクを飲む。制服姿でのデート。これだよ。こんなリア充な出来事が僕に起こるなんて。

ふと、菊子の親指の傷が目に留まった。三日月の形。僕にとってそれは、アザミ@菊子の大切なしるしだった。

会う前はよく妄想した。アザミは月から来たのかな。それとも魔法使い？

ぼんやり菊子の指を見ていたら、いつのまにか……そう、いつのまにか左手が動いて、菊子の手をむにっと握っていた。

菊子はハッと顔を上げて驚いていたが、僕のほうがもっと驚いた。あわてて手を放し、弁解をする。

「ち、違うんだ！　これは僕じゃなくて、左手が勝手にっ！」

うわああ、頼むよ、神様。こういうの、ホントに困るんだってば！

左手を右手で押さえつけると、負けじと左手が右手を攻撃してくる。こんにゃろ、いいかげんにしろ、このスケベじじい！

左手と右手とで戦っていたら、菊子がぽかんとして言った。

「……なにやってるの」

「いや、だから左手が」

「もういいよ。私べつに、イヤなわけじゃなくて、そういうことってムードが大事っていうかさ……」

菊子はうつむいてもじもじしている。

えっ、ムード？　ムードがあれば、いいのか？

って、違う違う、何考えてるんだ、僕は。

ごまかすようにして僕は訊ねた。

「親指の傷……どうしたの」

言ってしまってから、訊いてはいけなかったかなと思った。重大な秘密があるのかもしれない。暗い過去とか。でも菊子は「ああ、これ」と軽く受け答える。

「小学生のとき、図工の時間に彫刻刀でうっかり削っちゃって」

ひいい、痛い。

訊くんじゃなかった。想像したら背中がヒョウッとした。

月から来たのでも魔法使いでもなかった。現実ってそんなもんだ。

「でもこの傷跡、おもしろいの。こう、まわりの皮膚をひっぱって調節すると、いろんな形になるんだよ」

菊子は右手の人差し指と親指で傷のまわりをつまみ、伸縮させた。

「細くなったり丸っぽくなったり、猫の目みたいでしょ」

傷が猫の目だって。おもしろいのは菊子だ。

たしかに、オクラの目も明るさで形が変わる。正確にいうと目の中の瞳孔《どうこう》の形だ。

菊子は読み聞かせするように、楽しそうに言った。

「昔の人は、猫の目を見て時計の代わりにしたんだって。目の形が卵なら午前八時で、柿の種なら午前十時、針なら正午、だったかな」

「じゃあ、猫の目が針になったら昼ご飯、とか？」

「そうそう、猫時計」

「よく知ってるね、すごいなぁ」

感心して言うと、菊子はぷるぷるっと片手を振った。

「リアルな猫にさわることもできないから、本とかでいろいろ調べちゃうのかも。私が猫を知る方法はそれしかないもの」

こめかみのあたりから赤くなっている。褒められたことが照れくさそうだった。

菊子は不意に顔を上げた。

「直樹くん、K高校なんだね」

「え？　あ、うん」

校章でわかったのだろう。僕の学ランの襟を見ている。

「実は、私の従兄《いとこ》がK高の卒業生でバスケ部だったの。たまに後輩の指導に行ってるって言ってた。話したことある？　村山オサム」

心臓がどくんと大きな音をたてる。

「あー、うん？」

体中の血がわさわさと速く流れだして、曖昧な返答をしながら僕は思わず立ち上がった。

菊子も僕の後に立つ。ふたりで並んで歩き出すと、話さなくてもそんなに気づまりじゃなくてよかった。

植え込みの紫陽花が咲きかけていた。黄緑色の萼《がく》に、ふわっとピンク色のつぼみが彩られている。紫陽花って、そのものが花束みたいだ。菊子がスマホを取り出して写真を一枚撮った。

「かわいい。これから咲くって感じ、いいよね」

菊子はスマホを持ったまま、僕に笑いかけた。

「ねえ、一緒に写真撮ろうよ」

「え……それは、ちょっと」

僕は苦笑いしながら拒否した。

菊子が僕の顔写真を従兄に見せてしまったらと思うと、やすやすと画像を残すことはできなかった。K高のバスケ部にこんなやつはいないって、みっともない形でばれてしまう。

やんわりと断ったつもりだったけど、菊子の面もちは固くなっていた。僕はあせる。

「いや、あの……」

ひとつの言い訳も見つからず、僕はすっかり苦しくなってしまった。

もう、全部言ってしまおうか。運動なんてからきしだめなこと、何より、浅はかな嘘をついたこと。

……だめだ、本当の僕はきっと菊子に嫌われてしまう。

どうしよう、どうしたらいいんだろう。

気まずい空気が流れていく。

菊子はスマホをバッグにしまい、ぽつんと言った。

「ねえ、直樹くん。私の加工写真、友達に見せた?」

ドキッとする。責めているというふうではなく、穏やかに問いかけてくるその表情に、僕はごまかすことができなかった。

「あ……うん」

やっぱり、と菊子は小さく息を吐く。

「知ってる? 日光東照宮ってね、ひとつだけわざと柱を逆にして、あえて未完成にしてるんだって」

なんで今、急にそんな話をするんだろう。

不思議に思いながら、僕は「そうなんだ？」と相槌を打つ。

「どうしてか、わかる？」

僕は首を横に振る。菊子はゆっくりと言った。

「完全体になってしまったら、次は崩壊しかないからよ」

菊子は空を見上げた。

「……最初は、そばかすを消したかっただけなの」

上を向いたまま菊子は、僕にじゃなくて遠いどこかに伝えるように、訥々《とつとつ》と話しだした。

「加工アプリってね。はじめは肌だけキレイにしようって思うんだけど、ちょっとだけ頬を細く、ちょっとだけ顎をシャープに、ちょっとだけ目を大きく……って、エスカレートしていくんだよね。そのちょっとだけが、ものすごい変身させてくれるから、欲が止まらなくなるの。こんな私だったらいいなっていうのがだんだん、そっちが本当の自分って気がしちゃうの」

僕は黙って聞いているしかなかった。菊子は目を閉じる。

「現実世界で会えるなんて思ってなくて……。毎日いいねを押し合ってるオクラに、私のこと、かわいいって思われたかった」

ぎゅん、と胸をつかまれた気がした。

同じ心の景色を、僕たちは見ていたんだ。どうにかして自分の気持ちを伝えたいのに言葉にならず、僕は口を開いては閉じる。

菊子はすっと僕を正面から見た。

「うれしかったんだ。勇気出して、実際の私に会ってもらって、それでも直樹くんは変わらず仲良くしてくれて。菊子って名前、かわいいって言ってくれて。ほんとうに、うれしかったんだ」

でも、と菊子は小さく続ける。

「不安にも思ってたの。本当は直樹くん、加工の私が良かったんだろうなって。友達にも、あれが私だって見せちゃったんだよね。だから試合の応援に私が行ったり、ツーショットの写真を誰かに見られたりしたら困るんだよね。あのアザミと実物の私は違ったのに、直樹くん優しいから、会ったら断れなくなっちゃったんでしょう」

違う。そうじゃないんだ、僕は……。

僕は？　菊子にそんな誤解を与えてしまうような、何をした？

「あの写真の私は、嘘の完全体だった。だから崩壊しちゃったんだね」

菊子は怒っているふうではなく、泣いてもいなかった。

ただ静かに笑って、つぶやくように言った。

「じゃあね」

菊子はくるりと背中を向けた。

こんなときこそ、僕の代わりに勝手に動いてくれよ、神様。

「待って」って、菊子の腕をつかんで。

でも僕はでくのぼうみたいに突っ立って、去っていく菊子の後ろ姿をただ眺めているしかなかった。


次の日、僕は昼食の弁当もそこそこに、裏庭でずっと雨音チャンネルを聴いていた。

昨日の夜、僕のフォロワーがひとり減っていた。アザミかも、と確認したら本当にそうでまったくがっかりした。さらにがっかりしたのは、フォローからもアザミが姿を消していたことだ。ブロックされたのかと思ったけど、アカウントそのものが削除されたらしかった。

アザミとのつながりは、完全に断たれた。

ただの英数字の羅列だけが、僕たちを結び付けていたんだ。僕はあらためて愕然とする。あんなにもろくて頼りないものをアテにしていたなんて。

雨音を聴きながら、なんだか、世界が砂嵐みたいに見えた。

ユーザー名、naoking……か。

実を言うと、ナオキングは保育園のころに僕がイメージの中で作ったヒーローだ。お昼寝の時間に「ムシキング」のパジャマを着ている子がいて、それを見て思いついたのだ。

僕は自分の中にナオキングを住まわせた。ナオキングは無敵で、勇敢で、心優しい王者。牛乳が飲めなくても、体の大きな子におもちゃを取られても、母さんがなかなか迎えに来なくても、泣いたりしない。僕の体は屈強《くっきょう》なロボットで、中にいて操縦しているナオキングが本当の僕。

中学に入るぐらいまでは時々ナオキングを活用しようと試みていたけど、うまくいかないことのほうが多くてしばらく忘れていた。ツイッターのユーザー名を考えるときになって不意に、びっくり箱の蓋が開くみたいに思い出したのだ。

だから神様に言われて、すごく驚いた。

だって、直樹は本当はナオキングなんじゃろ？

無敵で勇敢で心優しい王者。「そうありたい」と願い、「きっとそうなんだ」と鼓舞している自分自身。

左腕がバイブする。学校でまで現れるのかよ、神様。だけどもう、抵抗する気にもなれない。

神様は左手から抜け出ると、僕の隣に座った。

「わし、雨の音、好き」

イヤホンをしているのに、神様の声は変わらずクリアに聴こえた。まるでイヤーピースから流れてくるみたいに。

「ちぇーっ、うまくいかないなあ」

神様は突然ぼやき、ひょっとこみたいに唇をとがらせた。

「バスケ部のレギュラーで、スクパのコンサートに行ったり、ラブラブな彼女がいるって、パーフェクトなリア充だったのになあ」

神様に言われて僕はうなだれる。それって、誰のリアルなんだろうか。

僕のリアルは。

バスケに憧れただけであっけなく挫折して、YouTubeをいじるのが精いっぱいで、菊子ともうまくやれなかった。

菊子は加工アプリを使ったことで自分を責めていたけど、そんなの、ぜんぜんたいしたことじゃない。だって、ちゃんと会ってくれたじゃないか。嘘をついてごめんなさいって、本当の姿で。

リアルを加工して見せようとしていたのは、僕のほうだ。

僕は頭を抱えた。

雨音が強くなる。神様はしゅうっと左手の中に入っていった。

ざっと、茂みのほうから人の気配がする。僕はそちらに目を向けた。

中田だった。首から一眼レフのカメラを下げている。

「あれ、新島」

中田がこちらを向く。僕はイヤホンを外して話しかけた。

「写真、撮ってるの？」

「うん。葉桜がきれいだから今のうちに。夕方になっちゃうと、この光加減で撮れないんだ」

僕のさえない表情をくみ取ってか、中田は言った。

「どうした。彼女と喧嘩でもした？」

「……ちょっとね」

そう言いかけて僕は訂正する。

「いや、ごめん。まだ彼女ってわけじゃなかったんだ。僕がいいなって思ってただけで。なんだか、カッコつけてばっかりで、うまく気持ちも伝えられなくて……完全にフラれた」

中田は桜の樹にカメラを向けた。シャッと、鋭く重厚な音がする。リアルなシャッター音。スマホで撮影するときの音は、これの真似をしているんだなとあらためて思う。

樹のほうを向いたまま、中田が言った。

「七回」

「え？」

「沙百合にフラれた数」

僕が目を見開くと、中田は再びカメラを構え、どこか愉快そうに言った。

「なんていったって、小学一年生のときからずっと片思いでさ。でも七転び八起きっていうだろ。だから七回はトライしようと思った」

シャッ。

小気味よい音を響かせたあと、中田は続ける。

「で、八回目の告白で、やっとＯＫがもらえた。中学の卒業式だよ。だからまだ、つきあい始めて二カ月。九年かかったけど」

すごい。

たった一回のすれ違いでこんなに絶望している自分が、ちっぽけに思えた。

「でもこの九年、片思いじゃなかったら俺、こんなにいろいろがんばれなかったと思うんだ。小学校低学年のころなんてぜんぜん勉強できなかったし、クラスで一番ちっちゃくて泣き虫だったから軽くいじめられてさ。沙百合に助けてもらったことも何度かあるよ」

「え、沙百合ちゃんに……」

「うん。あれでけっこう、正義感強いっていうか。だから俺、沙百合にかっこいいって思われたくて、それだけが原動力で努力した。必死で勉強したり、誰にも負けないことを見つけたくていろいろチャレンジしたり。ここまできて、やっと報《むく》われたって感じ」

中田はカメラにそっと手をやりながら言った。

「好きな人に良く思われたくて、かっこつけて、がんばって、それでできるようになるのって、ちっとも悪くないと思うんだ」

初めて見る中田の穏やかな表情を見て、思ったままの言葉が自然と僕の口をついて出てきた。

「……中田はさ」

「ん？」

「七回トライしようって思って、でも、八回トライしたんだな。そこが一番、すごいな」

中田はくしゃっと顔を崩して満足そうに笑った。

「おう、話せるじゃないか、友よ」

中田はグーを突き出してくる。僕も笑ってグーを合わせた。

友達みたいだった中田と僕は、これでリアルに、友達になれた気がした。


その日の放課後、僕は体育館に向かった。

アポイントもなく突然、バスケ部に行ったのだ。

たったの二日でやめたりして申し訳なかったと謝罪をし、また入部させてほしいと頭を下げた。

部員に遠慮なくじろじろ見られたし、ひそひそ何か言って笑ってるやつがいるのもわかった。

「じゃ、今日からやってみる？」

部長はそう言って、僕を受け入れてくれた。

バスケ部みんなで揃いのユニフォームを着ている中、学校指定の体操着と体育館シューズの僕は相当浮いていた。おまけに、腕の文字が消えてくれないから長袖着用だ。

さらに、初心者の仮入部の分際でリストバンドはイタイとわかっていたけど、今こそ、これが本当の使い方なんだと自分に言い聞かせる。

「3対3、入って」

部長が僕の背中を押した。

メンバーから投げかけられた好奇と嘲笑《ちょうしょう》の視線が僕にからみつく。僕はビブスを受け取り、コートに入った。

バスケ、やりたいって思ったんだよな。

スラムダンクのキャラみたいにカッコよくなりたいって。あの登場人物たちは死に物狂いで練習してたのに、僕はちょっとやりかけたぐらいで自分には無理って、あんなに簡単にあきらめて。

強いパスが来る。受け止めきれなくて取りこぼし、あわてて拾う。

「シュート！」

部長に叫ばれて、僕はゴールに向かって思いきりボールを投げた。バックボードの角にあたったボールが、リングにぶつかり跳《は》ね返る。

「惜しい！」

さっき僕を笑っていたメンバーのひとりが、真剣な声で叫んだ。

その瞬間、僕の中で何かがむくりと起き上がる。

……そうだ、惜しい。まったくダメってわけじゃない。

もう一度投げる。入らなかった。でも、もっとがんばって練習したら、できるようになるかもしれない。もう一度、さらに、もう一度。何度でも続ければいい。ボールがこの輪の中に入るまで――――。

金曜日は朝から雨が降っていた。かなり強めで大粒だった。

リアルな雨音を聴きながら、僕はバス停に向かう。

明日、五月最後の土曜日は、菊子の誕生日だ。

学生証を拾い上げたときに見たその数字を、僕は覚えていた。

あれから僕は、いくつかツイートをした。オクラの画像。英語の小テストが難しかったこと。コンビニで黄色いすいかが売られていたこと。

もしかしたら菊子が新しくアカウントを作ってフォローしてくれるんじゃないかと思って一縷《いちる》の望みを託していたけど、ひとつの「いいね」もつかなかった。

菊子の誕生日に、会いたかった。でもこれはもう、僕と関わりたくないという意思表示なのだろう。

バス停には、いつもの小学生の女の子と、その隣に、黒いランドセルをしょったひょろっとした男の子がいた。初めて見る顔だ。女の子の赤い傘が、雨の粒をはじく。

近づいていくと、女の子が叫んだ。

「もうっ、サイテー！」

自分のことを言われたのかと思ってそちらを見ると、女の子が男の子に向かって怒っている。

「飼育小屋の雨漏りが心配だから見に行くって言ったの、スグルでしょ？　せっかく一緒に家を出たのに、ランドセルがからっぽってどういうことよ？」

「そういえば昨日、友達にランドセルが臭《くさ》いって言われてさあ。家に帰ってよく見たら、キャベツがくさってて教科書とかにもついちゃったから、中身ぜんぶ出したの忘れてそのままだった」

「なんでランドセルにキャベツが入ってるのよ？　しかもむき出しで！」

「チャッピーにあげようと思ってて忘れてたぁ。あはは、ねえちゃん、やっぱり今日も先に行ってて」

男の子はへろへろ笑って駆けていった。

何気なく、僕は女の子に目を落とす。

弟らしいその男の子が傘を振り回しながら走っていくのを見て、女の子はやわらかくふふっと笑った。しょうがないなあ、みたいな慈愛のこもったまなざしで。

サイテーって、あんなにキレてたのにな。そう思いながら女の子を見ていたら目が合った。僕は思わず話しかける。

「弟がいたんだね。仲いいんだ」

「仲いいかは、わからないけど……」

女の子は首をかしげて笑う。

「スグルは……弟は、最低だけど最高なの。私はどっちも知ってるから、大事な弟なの」

最低だけど最高。どっちも知ってる、大事な人。

ぼんやり考えているうち、いつもの面々が集まってくる。

OL、スーツのおじさん、外国人男性。話すことなんかない人たち。でもいつのまにか、この顔ぶれに親しみのような感情を抱き始めていた。

バスに乗り込み、僕はつり革を持つのと反対の手でスマホを持った。

日課のように、ネットから中田のインスタグラムを開く。昨日の葉桜の画像がアップされていた。相変わらず芸術的だ。

そこでふと気づいた。そうか、ツイッターのアカウントを持っていなくても、ネットから僕のツイートを見ることはできるのだ。

もしかしたら……もしかしたら、菊子も、僕の投稿を見るだけ見てくれるかもしれない。

僕はツイッターのアプリを立ち上げ、投稿画面を開いてゆっくり文字を打った。

明日は、僕の大切な人の誕生日。

猫の目が針になるころ、バスケットゴールの前で待っています。


世界中の人が見ることができるこのつぶやき。

でも、ここに隠された言葉の意味が通じるのは僕と菊子だけだ。

見てくれないかもしれない。でも、見てくれるかもしれない。やれるだけのことを、ただやってみるしかない。送信。

バスの窓に、雨が打ちつけられている。空からやってきた水は、窓にあたっては雫《しずく》になり、ガラスを伝ってこぼれていく。ツイッターみたいだ。つぶやきの雨。タイムラインを流れ流れていく、言葉の雫。

そんな無数の雨粒の中で、菊子は僕のたったひとつの雫を見つけてくれた。

「いいね」を押し合うその行為はぜんぜんバーチャルじゃなかった。今同じ時代を生きている僕たちが生身の体を使ってやっていた、大切な想いの交換だったんだから。


土曜日、晴れた。

僕は、公園に向かう途中で駅前の花屋に寄った。中田が沙百合ちゃんにユリの花をプレゼントしたのを思い出して、あやかろうと思ったのだ。

長い黒髪を後ろでまとめた女性店員がひとりいて、「いらっしゃい」と明るく声をかけてくれた。

「あの、菊の花を……」

僕が言うと、店員さんは案内してくれた。

白と黄色の菊が、細長いバケツに入っている。

もうすでに完成されている菊の花束もあったのだが、なんというか……仏壇に飾るような感じだった。実際、それ用なのだろう。

僕は勇気を出して訊ねた。

「あの……菊の花束って、女の子の誕生日にプレゼントするの変ですか。お供えみたいになっちゃう？」

「うーむ」

店員さんは左右の眉毛を段違いにし、顎に指をあてて唸った。

「和菊だけで可愛く作るミッションに挑戦したい気持ちはあるけど、たしかにそうだね。でもたとえば、キク科しばりでアレンジすることならできるよ」

店員さんはガラスケースを開けながら続けた。

「ガーベラとマリーゴールドと、それからアザミとか」

「アザミ？」

「アザミもキク科なんだよ」

「……そうなんですか」

「このアザミの花の深い紫は初恋薊《はつこいあざみ》って呼ばれてる色でね。五月の誕生色。ぴったりじゃない？」

うん、ぴったりだ。できすぎなぐらい、この上なく。僕は声を張り上げる。

「お願いします！」

まかせなさい、と店員さんはウィンクをした。

頼もしい人だ。若々しいけど、すごく大人にも感じる。予算を訊かれたので答えると、店員さんは大きくうなずいてもくもくと花束を作り始めた。

「女の子への誕生日プレゼントなんて、私も嬉しくなっちゃう」

「いや、実はフラれたばっかりで……会えるかもわからないんですけど」

店員さんは、ぱっと目だけこちらに向けた。

「おお、リア充だなあ！」

「え」

ちゃんと聞こえなかったんだろうか。フラれたばっかりで、会えるかもわからないって言ったのに。きょとんとしていると、店員さんはさばさばと言った。

「思い通りにならない恋にすったもんだするって、究極のリア充だよ。きれいなことしかない世界なんて不自然なんだから」

茎をばちん、ばちんと潔くカットしていく。店員さんのエプロンは、花粉や草の汁で汚れている。床には傷《いた》んだ葉のくずが落ちていた。

色とりどりの花たちが咲きこぼれる花束を、店員さんは「はいっ」と僕に差し出した。店員さんの手は荒れていた。夢みたいにカラフルな花束を作るために。僕にはその手が、とっても美しく思えた。

「オマケしといた。がんばれよ、少年！」


午前十一時半。

公園のバスケットゴールの前で、僕は菊子を待つ。猫の目が針になるまで、あと三十分ある。

僕はベンチにリュックと花束を置いた。

リュックからバスケットボールを取り出す。まだ新品のそれはよそよそしくて、真新しいゴムの匂いがする。

でもきっと使っていくうちに、この新品のゴム臭は消えて、僕とボールの匂いが混ざって、小さな傷もいっぱいできて、少しずつ少しずつ、僕とボールはしっくりなじむようになるはずだ。人と人が、ちょっとずつ仲良くなっていくみたいに。

タンタンとドリブルをし、シュートする。

外れる。

シュート。

外れる。

まったく天才的にへたくそだ。

だけど、がんばって続けていればいつかカッコよく決められる日がくるかもしれない。ナオキングが「やるぜ」と意気込んでいる。汗で顔がぐっしょりになって、僕は何度かリストバンドで額を拭いた。

視線を感じて振り返ると、菊子が立っていた。

………来てくれたんだ。腕時計を見ると、果たして、猫の目は針だった。

「見てた?」

「……うん」

僕は菊子に近づいていった。

「下手だろ」

菊子はどうしたらいいのかわからない様子で、少しだけ笑った。

「うん」

ボールを脇に抱えたまま、僕は思いきり頭を下げる。

「ごめん。レギュラーなんて、嘘なんだ。バスケ部には、おととい入り直した。これからがんばる」

「おととい？」

菊子はさすがに驚いて声を上げる。僕はしっかり菊子の顔を見て言った。

「本当にごめん。自分の友達に菊子を見られたくなかったんじゃなくて、嘘つきな自分を菊子に知られるのが怖かったんだ。僕は、しょうもない男だ。嘘つきで、いくじなしで、見栄っ張りで。バスケ部を二日でやめるほどの根性なしで、スクパのライブなんて申し込み方もわからなくて、YouTubeで雨の音ばっかり聴いてるようなダサいやつだ」

菊子は、じっと僕を見ている。僕は言った。

「菊子に、カッコいいって思われたかった」

ほろっ、と一粒、菊子の頰に涙が伝った。

「……アザミのアカウント、消しちゃってごめんね。ちゃんと話もしないで、一方的にごめんね。仲良くなりたいのは私だけで、直樹くんには嫌われちゃったと思い込んで、もう忘れようって。私、すごく弱虫なの。傷つくのがこわかったの。消したあと、すごく後悔した。やっぱり、やっぱりまた会いたいって。だから未練がましくネットからオクラのアカウント名探して、それで……」

僕はベンチにボールを置き、代わりに花束をそっと抱えた。

「お誕生日おめでとう、菊子」

差し出した花束の向こうで、菊子が顔をゆがめる。雨が降るみたいに、目から涙が次々こぼれおちた。

「これ、ぜんぶキク科の花だ。いろんな菊だよ。どれもかわいい。いろんな菊子を、僕はもっと知りたい」

菊子はそっと花束を受け取り、鼻をすりながら言った。

「……直樹くん、ダサくないよ。私も聴きたい。雨の音」

そう言われて、僕は驚く。

「えっ、雨音の入った音楽とかじゃないんだよ、ほんとに雨の音だけずっと聴いてるんだよ？」

菊子は人差し指を僕の腕にちょんとあてる。そして泣き笑いしながらこう言った。

「いいね」

僕たちはベンチに並んで座った。

スマホにイヤホンをさし、コードのついたイヤーピースを片方、菊子に渡す。そしてもう片方を自分の耳につけ、一緒に雨音を聴いた。

僕の左耳と菊子の右耳に、絶え間なく流れこむ水の言葉。

細いコードで僕たちはつながっていた。とっても素敵だった。ワイヤレスイヤホンなんか、持ってなくてよかった。

膝の上でクロスした菊子の手が、すぐそばにあった。僕は自分の左手をそこに重ねる。菊子はわずかにぴくんと手を震わせ、うつむいたままほほえんだ。

今自然に動いたのは左手だけど、これは神様がやってるんじゃない、僕の意志だ。そうだよな、神様。

菊子の手を握ったままリストバンドを右手でそっとめくると、そこにはもう、隠すべき四文字は見当たらなかった。

親指の傷、まつげのダマダマ、頬のそばかす。愛しいよ、菊子。

間違いなんてひとつも犯さない、悩みなんて何もない、スーパー・ヒーローにはなれないけど——。

不完全な僕たちこそ、きっと完全体なんだ。

ねえ、と菊子が目だけこちらに向ける。

「直樹くんの誕生日は八月でしょう。ユーザー名の数字、ずっと気になってたんだ。naoking08＊＊」

菊子にナオキングと呼ばれ、僕の中の王者は、くすぐったそうに笑った。

四番

リチャード・ブランソン

（大学非常勤講師）

「ぶっちゃけ」という日本語の意味をやっと理解したのは昨日の晩だ。もっとも、習得したところで自分で使うことなどおそらくないだろう。

こんな言葉に出くわすたび、いちいちインターネットで調べては、私はため息をつく。これまで学んだ教材にも辞書にも載っていなかった日本語が多すぎる。

さらに驚くべきことに、考え及ばぬ英語とのミックスもたくさんあり、日本語は複雑怪奇を極めていく。最初に戸惑ったのは「パニクる」だ。

パニック＋動詞「する」＝パニクる。その文法にのっとって、「ディスる」というのも覚えた。「ディする」ではなくて「ディスる」と表記するようだ。

日本語は難しい。知れば知るほど難しい。

目覚めたばかりの朝、ユニットバスの小さな鏡に向かって髭を剃《そ》りながら、皺が増えたように思う。もうすぐ四十歳を迎えるのだから自然のなりゆきともいえるが、日本に来てからの三カ月、眉を寄せたくなる出来事が多いからかもしれない。心なしか、ダークブロンドの髪も薄くなり、瞳の青さもくすんできたような気がする。

母国イギリスでは、「リチャードの日本語はエクセレントだ」とよく褒められた。

仕事仲間のイギリス人からはもちろん、現地に住む日本人からもだ。

ひらがな、カタカナのユニークなデザイン。漢字ひとつひとつにこめられた想いの深さ。日本語はどれも愉《たの》しく魅惑的で、私は夢中で勉強に勤《いそ》しんだ。イギリスで受けたＪＬＰＴ（日本語能力試験）では最高レベルのＮ１を認定されている。日本に来るまで、私はそこそこの自信を持っていた。

しかしそれは「イギリス人にしてはできている」というだけの話だったらしい。

髭を剃り終わると額から汗がぽとりと落ちた。

六月に入り、ずいぶんと蒸してきた。日本の湿度の高さには本当にまいった。私は三階建て賃貸アパートの二階で暮らしている。道を挟んで正面に高層マンションが建っており、日当たりも抜群に悪い。

この部屋にはエアコンディショナーは備え付けられていないが、窓に網戸という素晴らしい引き戸がセットされている。イギリスではなかなか見られないので感動した。

しかし昨晩、網戸一枚で眠ったら蚊にいくつも刺された。朝起きて確認してみると、網が一部破れている。そこから蚊が入ったのだろう。仕方がないので、ガムテープを貼って応急処置をした。

つけっぱなしのテレビからは毎朝お決まりの情報番組が流れており、天気予報のコーナーに差し掛かった。私はネクタイを締め終え、インスタントコーヒーを淹れた。

お天気お姉さんと呼ばれているキヨタ・エミリさんが天気図の前でスティックをかざしている。

——低気圧が停滞し、不安定な一日です。日中は陽ざしが感じられますが、夕方から次第に雲が多くなり、雨の降るところもあるでしょう。今日のお出かけは、雨具を忘れずにお持ちください。

いつもながら、聞き取りやすくて明瞭《めいりょう》な発音。安定したスピード、ていねいな言葉選び。まさに、これが私の求めていた日本語だ。

そして豊かな黒髪、洗練された知的な笑顔。私がなんとか心安らかに一日を始められるのは、キヨタ・エミリさんのおかげだ。

この春から私は、日本の私立大学で非常勤講師として学生に英語を教えている。通勤には、歩いて五分ほどのバス・ストップからバスを使って駅まで行く。そこから電車で三つほどのところに大学がある。

毎日一限目から授業があるわけではないのだが、私は月曜から金曜まで七時二十三分のバスに乗るようにしている。

私のような非常勤では、個室は用意されていない。しかし共用の研究室を自由に使えることになっていて、デスクが五つ並べられたその部屋はアパートで作業するより数段実務的で快適だった。パソコンやプリンターも完備されている。席は決まっていないので、私は朝いちばんにそこへ出向き、一番広くて使いやすい奥の席をキープする。そして授業以外はそこで課題の作成や採点や、日本語の勉強をして過ごすことが多い。

アパートを出て歩き出したところで、ひかりさんに会った。ジョギングから戻ってきたらしい。後ろでひとつに束ねた長い髪が、キャップから飛び出し揺れている。

「おはよう、リチャード」

ひかりさんは立ち止まり、首元にかけたフェイスタオルで顔をぬぐった。

「おはようございます」

私の住むアパートの二軒先に、大家さんの家がある。ひかりさんは大家さんの孫娘で、私より十歳年下だと言っていたので二十九歳だろう。大家さん夫婦と三人で、瓦屋根の大きな戸建《こだ》てに暮らしている。

外国人である私が部屋を借りるのは、予想以上に大変だった。デポジット（保証金）と必要書類さえ提出すれば借りられると思っていた私は大変な情報不足だったと言える。

三月に来日してまず安いホテルに泊まり、不動産屋をいくつか回ってびっくりした。この時期に部屋の空きなどほとんどないというのだ。家賃は想像よりはるかに高いうえに、デポジットにあたる敷金だけでなく礼金というものが発生する。イギリスの賃貸ルームとは違って、家具も調理器具もない、がらんとした一室なのに。なんとかリーズナブルな物件をあたってみても、「外国人である」という理由だけで家主がいい顔をしなかった。

小さな個人経営の店舗にたどりつき、老人店主が「佐藤《さとう》さんとこなら、いいって言うかもなあ」と今の大家さんに電話してくれてようやく決まったのだ。だから築三十五年の古いアパートであちこち傷んでいても、布団を敷いたら床が半分埋まってしまう狭さでも、文句は言えない。ひかりさんは何かと気を遣ってくれるし、ありがたいぐらいだ。

「暑くなってきたね。エアコンないから寝苦しくない?」

「はい、大丈夫です。でも昨晩は、網戸に穴が開いていて、蚊に刺されました」

私が苦笑いすると、ひかりさんは「あー」と気の毒そうな顔をした。

「もう老朽だよね。じゃ、網戸張り替えに行くよ。早いほうがいいよね。今日はちょっと忙しいけど、明日ホームセンターで用意しておくから、明後日の朝にでもどうかな。私、仕事休みだし。リチャードの出勤前に」

「それは助かります。ありがとうございます」

ひかりさんは駅前の花屋で働いている。

よく動き、よく笑う。いかにも日本人的な細面《ほそおもて》で痩せているが、おおらかで力持ちで、心が強い。十キロもある米を運んでくれたり、初めて見たゴキブリを退治してくれたのも彼女だ。

ひかりさん曰《いわ》く、花屋はものすごい肉体労働だし、虫なんてキャーとか言ってられないくらいしょっちゅう遭遇する、ということらしい。

「ボロアパートだからさあ、ごめんね。なんかあったら遠慮なく言ってね」

白い歯を見せてひかりさんは言い、走り去った。

私はバス・ストップに向かう。

歩道にぽつんと置かれたポールに「坂下」という名が記されている。私と同じ七時二十三分のバスに乗る、いつもの顔ぶれがすでに並んでいた。中老のサラリーマン、男子高校生、若いワーキングウーマン、小学生の女の子。ひかりさんと話していたせいか、今日は私が最後だった。

授業の始まりに「グッドモーニング、エヴリワン」と言ってみるが、返ってくるのはのびきったゴムのように覇気のない声だ。ぐっどもーにんぐ、みすたーりちゃーど。

私が英語の授業を受け持っているのは経営学部と商学部の教養課程だ。各教室にはおよそ三十人が集まる。今日の一コマ目は商学部の二年生で、五段階レベルに分けられたうち、もっとも初級者のクラスだった。

彼らにはまったくやる気がない。初日の授業で私は早々《はやばや》とそれを悟った。英語が好きで、自ら学びたいという熱意のある学生はここにはいないのだ。私語が多く、おしゃべりをしていない学生はスマホをいじっているか、そうでなければ居眠りをしている。

出席をとる。私がひとりひとり名前を呼び、自分の番が来たら「Here」と返事をするようにと最初に伝えた。わずかでも大切なコミュニケーションの時間だと私は思っているが、学生にとってはそうではないらしい。みな面倒くさそうに「ひあー」と言うだけだ。

点呼を終えると、私は先週実施した小テストを返却した。単語問題を十問、和文から英文、英文から和文に書き換える問題を各五問。

語学はとにかくプラクティスだ。演習の数をこなして慣れるのが一番いい。そう思って、授業で使うテキストから私なりに心を尽くして作成した小テストを月二回行っている。しかし学生たちの出来は芳《かんば》しくなく、これによって彼らにどれだけ力がついているかはよくわからない。

「ハヤト」

名前を呼ぶと「へーい」とだらしない返事をして男子学生が立ち上がった。シロカワ・ハヤト。このクラスで、私をもっとも悩ますのは彼だ。赤茶色に染まった髪はハリネズミのように突き立てられており、指には髑髏《どくろ》の太いリングがはまっている。クラスでは出席番号順に着席させているため、彼は二列目の一番前の席だ。教卓から近く、威圧感があるが仕方ない。

ハヤトのテストを採点するのはいつも、他の学生よりも時間がかかる。「ぶっちゃけ」も、彼の回答によって知った言葉だ。

「Actually, It is a very difficult problem for me.」

「実際のところ、私にとってそれは大変難しい問題である。」

教師用の解説書には、和訳の模範解答にそう記載されている。大意としてそんな文が書けていれば良い。大学生が取り組む英語としては、簡単な例文だろう。しかしハヤトが解答欄に記したのは、こんな一文だった。

「ぶっちゃけマジ無理」

私はそれぞれの単語の意味を複数のサイトで調べ、咀嚼して理解に努めた。そしてこれを正解としていいものか、ずいぶん迷った。

砕けすぎてはいるが、意味として間違っているとは言えない。

私は正解とも不正解ともせず、「実際のところ、私にとってそれは大変難しい問題である。」と模範解答を記した。それはまさに、その通りだった。

翌朝、バス・ストップに着くとまだ誰もいなかった。つん、と頰に冷たいものがあたる。突然の雨らしい。

今日雨が降るとは、キヨタ・エミリさんは言っていなかったのに。ちなみに、昨日の「夕方から雨」の予報も外れた。

「週末にバイウゼンセンが北上し、西日本や東日本の梅雨入りは来週以降となるでしょう。降水量は、平年よりも多くなる見通しです」

今朝の彼女はそう言っていた。バイウゼンセンという言葉がわからなかったので調べた。梅雨前線だ。この場合は、梅雨をバイウと読むのだ。なるほど、勉強になる。

「ぶっちゃけ」の意味を調べたときとは違って気分が良い。

イギリスでは傘を差す習慣があまりない。雨が降っても、それほどひどくなければ多くの人はそのまま濡れている。

しかし日本人はみな雨を嫌うようで、こぞって傘を広げる。たしかに乾燥しているイギリスと違い、日本では雨に濡れると服がなかなか乾かないからそのせいかもしれない。キヨタ・エミリさんも雨についてはネガティブで、「すっきりしないお天気です」とか「カビや食中毒が気になる季節です」などと浮かない顔をしている。彼女の笑顔が見られないのなら、私にとっても日本の雨は好ましくない天候といえる。

雨脚が強くなってきた。傘は持っておらず、屋根のないバス・ストップで逃げ場もない。さすがに困ったなとうつむいたとき、バス・ストップのコンクリート台の上に何か置かれているのに気づいた。

黒い折りたたみ傘だ。「おとしもの」と手書きされたポストイットが貼られ、雨に濡れている。

落とし物か。しかし、持ち主は今ここにいない。この場で傘が必要な私が使っても問題ないのではないか。

着服することに躊躇《ちゅうちょ》したが、いや、盗むのではない、借りるだけだ。帰りに返せばよい。

傘を拾い上げ、ポストイットを鞄に入れる。戻すときにまた貼るためだ。留《と》め金を外し、広げたところでまた突然、雨がやんだ。

スコールか。それとも、これが「梅雨前線」の影響なのだろうか。イギリスには梅雨がないのでよくわからない。雨雲は足早に去り、太陽まで顔をのぞかせる。

傘をたたんでいるさなかに、いつもの男子高校生がこちらに向かって歩いてきた。今ここで私が傘を台に戻したら不自然だろう。

イヤホンを耳にさした男子高校生は、濡れた学生服を気にするふうでもなく、私の横に並んだ。逡巡《しゅんじゅん》のあと、私は素知らぬ顔で傘を鞄にしまう。

鞄の底で、「おとしもの」と書かれたポストイットがよれていた。私はふと、疑問を抱く。

果たしてこれは、本当に「落とし物」という意味なのだろうか。

末尾の「の」は、所有を表すのではないか。つまり「私の」と使われるように、これは「おとしも」さんのものではないのか。

帰りのバスを降りたらまたここに置いておこう。そう思ったのに、私はすっかり忘れてしまい、傘を鞄に入れたままアパートに着いてしまった。

翌日、早朝に不快な羽音で目が覚めた。

小さな黒い影がゆらりと飛んでいる。蚊だ。網戸に目をやると、ガムテープの端がめくれていた。応急処置が甘かったのだろう。そういえば首筋がかゆい。

まったくいまいましい。血液を奪ってかゆみをもたらすだけでなく、眠りまで妨害するとは。日本は治安はいいが、イギリスでめったに遭遇しない蚊やゴキブリの侵入はいただけない。

私は起き上がり、パチンと両手で蚊をプレスした。手のひらを広げると、つぶれた黒点から微量の血液がにじみ出る。憎き敵をしとめた達成感に満ちながら、半袖の肌着から出た腕に何か書かれていることに気づいた。

神様当番

思わず声が漏れた。

「……So cool……」

カッコいい。歴史を感じさせる重厚な文字、漆黒のかっちりとしたレタリング。なんと麗《うるわ》しい。私はその四つの漢字をうっとりと見つめた。「神様当番」とは、いったいどう発音し、そしてどんな意味なのだろう。

しかし、誰がこんなことを。この部屋には私ひとりしかいない。玄関の鍵はかけて寝たはずだ。昨晩も網戸一枚で眠ってしまったせいで、蚊だけでなく窓から誰かが侵入したのだろうか。

私が窓を確認していると、背後から突然声がした。驚きのあまり、息が止まる。いきなりのことで、何を言われたのかうまく聞き取れないまま振り返った。

小さな老人が布団の上にいた。ボルドーのトレーニングウェアを着用し、にこにこと正座している。額から後頭部にかけてつるりとしており、その代わり顔の両脇には真綿のように豊かな白い毛がこんもりと茂っていた。

誰だ。今、なんと言った。最初に「オト」と聞こえたような。

私はハッとした。おとしもさん、傘の持ち主だ。私が昨日傘を持ってきてしまったので、取りに来たのか。なぜここがわかったのだろう。寝ぼけてうまく回らない頭で、私はあわてて鞄を開いた。

「すみません、私は、傘を持ってきてしまいました」

しかしそこには、傘が入っていない。いったいどうして。

老人はすべて悟っているような口調で、ゆっくりと言った。

「傘は、わしのじゃない」

「あなたは、おとしもさんではないのですか」

老人はへへっと笑い、自分の鼻を指さして答えた。

「わし？　わし、カミサマ」

「……カミ、さま」

「カミ」という名前らしい。自分に「ちゃん」とか「くん」をつける日本人の子どもをよく見かける。この老人もそういう使い方をしているのだろう。

「先ほどは、何と言ったのですか」

「オトウバンさん、みーつけた！って言ったの」

「オトウバン……」

トウバン。当番か！

私は腕の文字を見て納得する。たしか、何かの役割や仕事の順番が回ってくることだ。

それにしても、カミさんが家に入ってきたことにまったく気づかなかった。まるで忍者のようだ。おまけにこの腕の文字まで記したのか。この静かな俊敏さは、大和《やまと》魂《だましい》なのだろうか。

カミさんはかくんと首を傾ける。

「お願いごと、きいて」

「お願いごと？」

「わし、美しい言葉でお話がしたいの」

カミさんにそう言われ、私は「Oh…」と小さく息をついた。

「私もです」

よくわからないが、日本には若者と老人が語り合う「神様当番」という習わしがあるのかもしれない。当番の期間はこのように文字が書かれる決まりなのだろう。知らなかった文化をまたひとつ覚えた。

事前に何か通知があったのを見落としていたのだろうか。安全大国である日本流のシステムで、彼は大家さんから合鍵をもらって入ってきたに違いない。それにしてもずいぶんと早朝だ。

「カミさん、申し訳ありません。私はこれから、仕事に行かなくてはなりません。お時間のあるときに、またお会いしましょう」

「ううん。わし、いつもリックと一緒にいる。お願いごと、きいて。美しい言葉でお話がしたいの」

カミさんは親しげな笑みを浮かべる。

「リック」と呼ばれて驚いた。子どもの頃からの私のニックネームだ。ここで私をそう呼ぶ人はいない。日本の老人が、リチャードがリックという愛称になることを知っているとは嬉しい。胸がポッとあたたかくなり、私も微笑《ほほえ》みながら言った。

「いつも一緒に？　それはできません。私はこれから、仕事に……」

「できるもん」

幼い口調で言うカミさんを見ていると、自分のほうが大人のような気分になる。私は優しく問いかけた。

「どうしてそう思いますか」

「だってわし、神様だもん」

カミさんはニヤーッと笑い、突然、しゅるるると小さくなった。

驚愕のあまり腰を抜かしていると、その姿はクエスチョンマークのような形になり、私の左手のひらにすうっと入っていく。

「オーマイガッド！」

思わず叫んだ。これは日本文化ではない。超常現象だ。妖怪や幽霊といったような。腕が少しの間ビリビリと電気が走ったようにしびれ、ぴたりと静かになった。私はぼんやりと腕を見つめ、声に出す。

「……カミサマ…トウバン」

神様当番。あの老人は、神様《GOD》だったのか。茫然自失した頭の片隅で、妙に冷静なことを思った。

「OH MY GOD」とは、この状況にこれ以上ふさわしい表現はないのではないかと。

布団の上に座り込んでぼうっとしていると、チャイムが鳴った。

ドアの外から「ひかりでーす」と声がする。着替える余裕がなく、トランクスの上にズボンだけ穿いて玄関に向かった。ドアの内鍵は閉まっていた。

ドアを開けるとひかりさんが網戸のシートと工具を持って立っている。

「ちゃっちゃとやっちゃうね」

リズミカルにそう言い、ひかりさんは部屋に入ってきた。私はあわてて布団を折りたたむ。できたスペースにひかりさんは新聞紙を広げ、窓に寄った。

「一回、網戸外すね……えっ？」

窓辺からこちらを振り返ったひかりさんが、私を見て目を丸くする。

「うわ、刺青《いれずみ》？」とうとうそこまで日本語マニア？」

私の左腕をつかみ、ひかりさんは顔を近づけた。

「いや……これは」

「四字熟語？　どういう意味だっけ、神様当番って」

ひかりさんも知らないのだ。どういう意味でしょうと私のほうが訊ねたかったが、今起きたことをどう話せばいいのかわからない。ひかりさんはあっさりと腕を放し、網戸に手をかけながら言った。

「でも、リチャードの職場でそんなでかい刺青はちょっとまずいわよ。飲み屋ぐらいならいいけど、仕事に行くときは隠さないと」

ひかりさんは網戸を外した。ドライバーを使い、手際《てぎわ》よく網をはがしていく。

手伝いを申し出たら断られたのでその間に国語辞典を引いてみたが、「神様当番」という言葉は、どこにも見当たらなかった。

ひかりさんのアドバイス通り、私は長袖のワイシャツで文字を隠して出勤した。袖口はしっかりカフスボタンで留めてある。

その日の授業は午後からで、私は混雑を避けて早めの十一時に学食で昼食をとった。今朝はあわただしくて朝食をとれなかったし、キヨタ・エミリさんの天気予報も見られなかった。

大きな観葉植物が置かれた隅の席で親子丼を食べていたら、私が受け持っている学生たち男女五人がどやどやと入ってきた。食事の載ったトレイを持っているその集団の中にはハヤトもいる。植木鉢を挟んで斜め向かいのテーブル席に座り、騒々しく雑談を始めた。生い茂った葉で死角になって彼らから私は見えないらしい。

不意に、「リチャード」という言葉が聞こえてきたようで耳をすます。自分の名前というのはキャッチしやすい。

「超つまんねぇ、あの授業」

男子学生のひとりがそう言った。私は身を固くする。

ハヤトが同調して大声を出した。

「去年のアレックスはくっそ面白かったのにな。いかにもアメリカ人らしいギャグばっか言っててさ。授業なんて洋画のＤＶＤ見るだけだったし、テキトーな英語で感想提出すれば単位くれたじゃん。出席もとらなかったしさ」

席を離れたかったが、今動いたら私が話を聞いていたと知られてしまうだろう。それは気まずい。

私はそのまま身をひそめるようにして、箸を動かす手を止めた。

「アレックスは日本語まったくしゃべれなかったけど、英語の授業なんだから別に関係ないしな。日本語わからないくらいがちょうどいいんだよ」

ハヤトの言葉を受け、女子学生が言った。

「リチャードはカナダ人だっけ？　イギリスだったかな」

「知らね。どこでもいいし」

「真面目すぎて暗いんだよねぇ、リチャードって。あたし、あっちの人ってみんな、もっと陽気で冗談ばっかり言ってるんだと思ってた」

あっちの人。胸がきしむ。

日本以外をすべて「あっち」と括《くく》られたことが、せつなくなる。

私に足りないのはそれなのだろうか。つまり、彼らの求める「陽気な冗談」のようなもの。

幸いなことに彼らはあっというまに食事を終え、またわいわいとしゃべりながら学食を出ていった。私はすっかり冷めてしまった親子丼を食べ、研究室で準備を整えて午後の授業に臨んだ。

つまらないと言われても、私はそのようにしかできない。私は本当に真面目で暗い男なのだ。

だいたい、なんだ。英語に興味がないのはともかく、君たちは日本語もめちゃくちゃじゃないか。

今日は授業の最後にスピーキングのテストをすると先週伝えてある。私はホワイトボードに英文問題を書きつけた。いつも使っているテキストの演習問題そのままだ。私が指示したように予習をしてきてくれれば、なんなく答えられるはずの。

「What have you eaten for breakfast this morning?」

私が読みあげたあと全員に復唱させ、学生をあてる。

今朝、あなたは朝食に何を食べてきましたか？　簡単な例文だ。私に指名された女子学生はぶっきらぼうに「パン」と答えた。私は脱力したくなるのをこらえる。

「パンは、和製英語です。英語ではbread」

I have eaten bread. ホワイトボードにそう書き綴《つづ》るが、女子学生が反応している様子はない。彼女は本当はパンがbreadだと知っていて、わざと私を困らせようとしているのではないだろうか。

やりきれない気持ちで「私はパンを食べてきました」と日本語訳を口にしたとたん、いきなりグイッと左腕が動いた。

私の意志ではない。左手はマジックペンを執《と》り、ホワイトボードに勝手にアルファベットを連ねていく。

What ant is the largest?

——アリの中で一番大きいのは？

そんなことはテキストに載っていない。私は真っ青になった。神様の仕業だろうか。どうしてこんな子どもじみた問題を、急に。

私は焦って右手で消そうとしたがその余裕は与えられず、左腕は勢いよく学生たちのほうに向かって伸びていく。引きずられるようにしてピッと指さしたその先には、ハヤトがいた。

ハヤトは「はぁ？」と顔をしかめる。テキストとホワイトボードを交互に見て、「そんなの書いてねえし、知らねえし」とぶつぶつ言っている。

この英文の意味がわからないのか、「一番大きなアリ」がわからないのか、私にはわからない。いずれにせよ、この問題に関して解説をするのは私にも唐突すぎた。

「Homework!（宿題！）」

私は言い捨て、急いで教室を飛び出した。授業終了までにはまだ、十分近く残っていた。

廊下に出てもまだ、学生たちのしらけた空気が体にまとわりついている。私はいたたまれないまま、研究室には行かずに帰宅した。


どうして私はいつもこう、気が弱いのだろう。動揺のあまり、授業の途中で学生たちから逃げてしまうなんて。

アパートで私は自己嫌悪に陥《おちい》っていた。心を落ち着かせようと、インスタントコーヒーを淹れる。今の自分にできる、せめてもの慰めだった。

最初の一口を飲もうとしたとたん、左腕に電気が走る。コーヒーをこぼさないようにマグカップをローテーブルに置くとすぐに、左手のひらからあのクエスチョンマークが飛び出し、「神様」に姿を変えた。

なんということだ、なんという……。

手のひらを確認するが、穴は開いていない。一匹の蚊が入る隙もないのに、こんなことが。今度は「アメージング……」という言葉が口をついて出る。

神様はマグカップを両手で持ち、一口めのコーヒーを啜《すす》って「はあ」と満足げに息を吐いた。

「わし、コーヒー好き」

ほのぼのと言うその神様は牧歌的で、恐ろしい存在にはまったく思えなかった。気が抜けて「私もです」と相槌を打つ。もうそのコーヒーは、神にささげよう。

「しかし、神様。今日は困りました。なぜあのような英文問題を……」

「イギリス人って、みんな紅茶が好きって思われちゃうんだよねえ」

答えになっていない。

「紅茶よりコーヒーがうんと好きなイギリス人って、いっぱいいるのにねえ」

話をうまく変えられてしまったが、しかしそうだ、本当にそう。

神様は窓辺に近づき、網戸越しに外を眺めた。私も隣に立つ。今朝ひかりさんに張り替えてもらった真新しい網からは、雀が二羽、手すりに止まっているのが見えた。

「美しい言葉でお話がしたいなあ」

小刻《こきざ》みに頭を振る二羽の雀を愛でながら神様は言った。私もです、神様。私が学生たちから投げかけられる日本語より、雀の言葉のほうがよほど美しい。

「落ち込んでるだけじゃ、お当番さん終わらないよ、リック。早くリックが美しい言葉でお話をしてくれないと、その腕の文字、消えないよ」

神様は言う。当番が終われば文字が消えるということか。なかなか気に入っているのだが、やはり職場で隠し通さねばならないのは困る。

私は訊ねた。

「神様と私が、美しい言葉で話せばよいのでしょうか」

「雀さんは可愛いなあ」

またはぐらかされた。ぴかりと光る丸い頭が楽しそうに揺れている。

雀は互いの意志の疎通をどうやって図《はか》っているのか、二羽同時に飛び立った。なんのためらいもなく、群れの中へ自然に入っていく。

不意に神様は小さくなり、クエスチョンマークに変貌した。私が声を出す暇もなく、それは秒速で左手の中におさまっていく。神様が持っていたはずのマグカップはいつのまにか私の右手にあり、そしてどういうわけだか、私の口の中はほのかにコーヒーの良い香りで満たされていた。つまり神様の経験は私の経験となり、私の経験は神様の経験になるということだ。やっと理解した。神様の願いは、私が身をもって叶えなくてはならないらしい。

美しい言葉、か……。私の言葉は、美しくないのだろうか。

私はもう一度窓の外を見る。そういえば、昨日ベランダに干したバスタオルがそのままになっていた。

私は網戸を開けてベランダに出た。バスタオルを取り込もうとしたら、下から大きな声で「リチャード！」と呼ばれた。アパートの下にひかりさんがいた。そういえば今日はお休みだと言っていた。

「網戸、どう？」

「最高です、すばらしい。ありがとうございます」

下に向かって礼を述べると、ひかりさんは「ねえ、今夜ごはん食べに行かない？」と私を誘ってくれた。

ひかりさんが連れて行ってくれたのは、駅近くの小料理屋だった。ひかりさんの働く花屋の常連客が経営する店で、先週リニューアルオープンしたらしい。

「お祝いがてら食べに行こうと思ってたんだけど、ひとりじゃなかなかね。さっきアパートの前通ったら、ちょうどリチャードが見えたから」

「嬉しいです」

バスに乗って駅に着き、繁華街を少し歩いた。

まだ七時になったばかりだったが、くたびれたスーツを着た男性ふたりが、肩を組んで居酒屋からふらふらと出てくる。相当酔っているらしい。

「あっ、ガイジンさんだ！　ハロー！」

私を見て、眼鏡をかけた男性が言った。

日本に来てから何度かこういう経験をしている。突然、フレンドリーすぎる距離でフレンドリーすぎる言葉をかけられるのだ。反面、じろじろと遠慮ない視線を向けられ、目が合ったので微笑むと、まるで恐ろしいものに見つかってしまったかのように顔をそむけられたりもする。

こんなことは何でもないと自分に言い聞かせたくて、私はわずかに唇の端を上げた。むろん、彼らに返事はしなかった。

眼鏡の男性が顔を突き出してくる。

「ニホンゴ、わかる？　カンジ、読めますかあ？」

がははははと、もう片方の太った男性が笑った。

こういうとき、私は自分がこの国で異物なのだと思い知らされる。吐きそうなほどのむかつきを抑えながら、私は無視を決め込んだ。

「うるさい、黙れ！」

ひかりさんが叫んだ。かみつかんばかりに、男性たちに迫っていく。

「あんたたち、失礼だよ。そういう恥ずかしいこと、やめてくれる？」

ひかりさんの叱責《しっせき》にはびくともせず、男性ふたりは下品な笑い声を上げながら去っていった。

まったくもう、と肩を怒《いか》らせたあと、ひかりさんは私の腕をそっと引いた。

「こっちだよ。ここ」

黒い塗り壁の和風の建物だ。入り口に「桜島《さくらじま》」と紺色で書かれた白地の暖簾《のれん》がかけられている。こういう店に来るのは初めてだった。

戸の両脇には、陶器の器に盛られた白い山がある。不思議に思って私はひかりさんに訊ねた。

「これは、何ですか」

「ああ、それ。塩」

私は驚いて訊き返す。

「シオ？　ソルト？」

「そうそう、ソルトの塩。盛り塩っていうの」

私は腰をかがめ、その白い山を凝視した。なぜだ。塩は調味料ではないのか。

「テーブルの上ではなく、どうして入り口にあるのですか」

「厄除《やくよ》けのおまじないみたいなことよ。これは食べないの」

ヤクヨケ。意味がわからず私がつぶやくとひかりさんは説明してくれた。

「厄……そうねえ、厄っていうのは、不幸とか魔物とか、災い全般かな」

なるほど。とにかく良くないもの、来てほしくないものということだろうか。それを阻止する力が塩にあると考えられているとは興味深い。

私たちは暖簾をくぐって中に入る。店主の初老女性がぱっと笑顔になった。

「いらっしゃい」

伝染したように私も笑顔になる。カウンター席の端に、籠を使ってアレンジされた花が飾られていた。オープンの日にひかりさんが贈ったものらしい。

店主はひかりさんと軽く挨拶を交わしたあと、私たちを奥のテーブル席に案内してくれた。

そんなに広くはないけれど、客席のスペースが気持ちよく配慮された店だ。私たちは向かい合って座り、店主の持ってきてくれた温かなおしぼりを受け取った。

日本に来てようやく、私が望んでいた日本らしい場所で日本らしいもてなしを受けた気がする。私はひかりさんとメニューを開き、日本酒と、いくつかの総菜を注文した。

それにしても、今日は朝からいろいろなことがあった。乾杯して飲んだ日本酒が体にまわってふわりとする。

筆書きされた「おしながき」の献立の文字に見とれていたら、ひかりさんが言った。

「リチャード、ホントに日本語上手よね」

久しぶりにしみじみと褒められた。嬉しい。

「ありがとうございます。でも、とても難しいです。日本に来てからますます難しいと思います。私はさほど優秀ではなかったのだとわかりました」

ひかりさんは笑いながら、蛸《たこ》とキュウリの和え物に箸を伸ばす。

「ほら、そういう表現。ホントに上手よ。外国人が日本語覚えるのって、すごく大変だと思うんだよね。他の国の言葉を知ってるわけじゃないけど、日本語って独特じゃない？」

「だから面白いです。……ただ、学生たちとのコミュニケーションは、私はうまくできません。私の授業はつまらない。興味を持ってもらえません。彼らはおしゃべりやスマートフォンに夢中です」

私は「さつま揚げ」という茶色の食べ物を口に運んだ。むっちりとした生地に、細かく刻んだニンジンやゴボウが練りこまれ、すりおろしたジンジャーと醬油がかかっている。これは素敵だ。

ひかりさんは少し黙ったあと、突然明るい口調で言った。

「私、なんで国によってこんなに言葉が違うのかなあってネットで調べたことがあるんだけどさ」

酒にはあまり強くないらしい。頬が赤くなっている。

「創世記、わかる？　聖書の。バベルの塔ってあるじゃない」

「はい」

バベルのトウ。おそらくTower of Babelのことだろう。

「あ、リチャード、クリスチャンだっけ？」

「いいえ。私は無神論者です」

そう言ってから「無神論者でした」と言いなおす。なにしろ、今の私は腕の中に神様がいるのだ。

ひかりさんは私の言いなおしには気を留めず続けた。

「人間って最初はみんな同じ民で同じ言葉を仲良くしゃべってたんだけど、あるとき傲慢になって、天まで届くような立派な塔を建てて神と並ぼうとしたんだよね。それで神様が怒って、みんな違う言語にして混乱させてやるって、言葉を通じなくさせて世界中に散らしちゃったっていう話」

早口でところどころ聞き逃したが、何を言いたいかはだいたいわかった。

「はい、大変なことになりました」

私が答えると、ひかりさんはけらけらっと笑った。

「でも、それでよかったのかもね。みんながまったく同じところで同じこと考えてたって、ろくなことにならないんだから」

「ロクナコト?」

「うーん、なんて言ったらいいのかな。つまり人と人は、どこか違わないとだめなのよ。全員が同じじゃ何ひとつ変化も成長もない」

くいっと酒を飲みほし、ひかりさんはちょっと上を向く。

「まあ、聖書に出てくる話なんて私にとってはファンタジーみたいなもんだけどさ。進化論的に言って、人類最初の言葉ってなんだったんだろうね」

人類最初の言葉。私は古代に想いを馳《は》せた。

「きっとそれは、一番伝えたいことだったのでしょう」

私は想像する。どんな美しい言葉から始まったのだろう。しかしひかりさんは、私とはまったく違う角度からこう切り込んできた。

「そうだよね。たぶん拒絶とか危険を知らせる言葉だったんじゃないかなあ。イヤだ！　やめてくれ！　逃げろ！」

いちいちオーバーリアクションをつけるひかりさんがおかしくて、私は笑ってしまった。

「どうして。それが、人類が一番伝えたいことですか」

「そうよ。生きているからには、不快がまず先。赤ちゃんだって最初は泣くか怒るかだけで訴えるでしょ。自発的に笑うようになるのは二、三カ月もあと」

なるほど、と思いながら私は苦笑する。

「私は、最初の言葉は『愛している』や『ありがとう』かと思いました」

「えーっ？　そういう優しくて気持ちいいのは、うーんとうーんと後のほうよ。状況が良くなって安定してから、やっと出てきた言葉じゃない？」

ひかりさんはそう笑ったあと、ふと真剣な表情になって私をじっと見た。

「怒っているとか悲しいとか、そういう気持ちは一番にしっかり伝えなくちゃだめよ。その後にちゃんと笑うためにもね」

翌週、ハヤトのクラスの授業に、私は緊張して向かった。あの「一番大きなアリ」の問題のせいで、おかしな退出をしてしまったからだ。

教室が近づいてくると、騒がしい声が耳をつんざく。私が中に入っていってもまったく静まらない。

「グッドモーニング、エヴリワン」

ぐっどもーにんぐ、みすたーりちゃーど。ぱらぱらと小雨のような返事が降ってきた。

私はテキストに目を落とし、次の項目の解説を始める。

教室はいつもに増してざわざわしていた。女子学生のけたたましい笑い声、ラインの着信音。

私の授業が面白くないせいだ、仕方がない。

頭の半分がそう言い、もう半分に憤《いきどお》りが募《つの》る。静かにしろ。授業に集中しろ。

そういう気持ちは一番にしっかり伝えなくちゃだめよ。小料理屋でのひかりさんの声が体の中心を通っていく。

不意に、左手が持ち上がった。

神様だ。

何をしようとしているかわかる。私にこんなことができるはずがない。

しかしその神様の力を借り、その手に声を乗せるようにして私は叫んだ。

「Be quiet!（静かに！）」

同時に、ホワイトボードに左の拳が叩きつけられる。バーン！という大きな音に、教室が一気に静まり返った。

私は学生たちに向き直る。

「なぜ、学ぼうとしないのですか。私たちは理解し合うために、お互いの言葉を学ぶことが必要です」

バベルの塔は天に届く前に崩れたのだ。神は私たちに、大きな課題を与えたのだ。もう同じ言語を持てないのなら、少しでも通じ合うように歩み寄るべきではないのか。

学生たちは黙ってしまった。黒い目の集合。私は恐れを抱き、顔をそらした。

とにかく授業を仕切りなおそうと、私は再びテキストに目を落とす。すると、ハヤトがぷっと笑った。

「アツくなっちゃって」

私はハヤトを見る。彼は体を斜めにして座り、脚を組んでいた。

「こないだの宿題だけど。よく聞いてて、ミスター・リチャード」

ハヤトはスマートフォンに何やら打ち込んだ。

「What ant is the largest?」

スマートフォンがしゃべった。はっとしていると、次に日本語で声が響く。

「最大ノアリハ何デスカ？」

気味の悪い、不自然なロボットの発音だ。ぞくりとしながらも私は何も言えない。

ハヤトはうすら笑いを浮かべながら続けた。

「そんでね、次は『最大のアリ』でググる」

スマートフォンを操作し、ハヤトは私に画面を向けた。一瞬だった。ディノハリアリというアリの種類と解説が並ぶ。画像まで映し出されていた。

「ああ、これを英訳しなくちゃだっけ？　急に変な問題出してきて、俺のこと困らせようとしたんだろうけど」

「Dinoponera gigantea.」

またスマートフォンがしゃべった。

ハヤトは「ハイ、正解」とスマートフォンを下ろし、脚を組みなおした。

「俺ら、もうこういう時代に生きてんの。別に勉強しなくたって、スマホがあれば海外行っても困んないし。専門課程じゃないし、ぶっちゃけ英語の授業なんていらねえって思ってるし」

打ちのめされているのに、どうしてだか心は妙に静かだった。私は声を絞り出す。

「私は……私は、人間です。機械ではありません」

ハヤトがサッと真顔になる。私は続けた。

「日本人と……あなたたちと仲良くなりたくて、日本語を勉強しました。私は人間だから、日本を好きだという心を持っています。人間だから……」

私はハヤトをじっと見た。

「とても、悲しいです」

再び教室がシンとなる。ハヤトもぎゅっと唇を閉じ、私から視線を外した。

私はテキストをめくりなおし、授業を再開した。

その日はそれから誰ひとり騒ぐことなく、たんたんと時間が過ぎていった。

――私がプライマリー・スクール（小学校）に通っていたころ、隣の家に日本人夫婦が住んでいた。ご主人は商社マンで、奥さんは通訳をしていた。ふたりの間に子どもはいなかった。

私が育ったのはロンドンのような都市ではなく、片田舎の小さな町だ。当時、そこに住む日本人はごくわずかで、私にとって彼らはおとぎ話に出てくる登場人物のように神秘的だった。

夫妻は私をとても可愛がってくれた。ネイティブに近い英語を操り、家に遊びに行くと日本語や日本の文化を教えてくれた。

私が日本語を好きになったのは彼らの影響にほかならない。チャーミングな発音、縦書きの本に書かれた模様のような文字。

八月、ホリデーで日本に三週間ほど帰国するという彼らにくっついて、私の家族も一週間だけ日本に旅行したことがある。十歳のころだ。

子どもだった私が「コンニチハ」とか「アリガトウ」と言うだけで日本人の大人が大変に喜んでくれるのでとても嬉しかった。まだほとんど日本語を理解していなかった私には日本人が何を話しているのかはわからず、小鳥のさえずりのようなあたたかな賑《にぎ》やかさの中で過ごした印象しかない。日本人夫婦がそばにいてくれたおかげでレストランや買い物にも苦労はなく、今思えば彼らが連れ出してくれたのは外国人に対して抵抗や隔たりのない、私たちにとって心地の良い場所ばかりだった。

日本人夫婦はその後、三年間の英国滞在を経て帰国し、残念なことに次第に音信不通になってしまった。しかし私はその後も優しい思い出だけを胸に大学で日本文学を専攻し、さらに深く日本語を学んだ。

大学を卒業すると、私は民間の英語学校に就職した。そこに集《つど》う生徒たちはみんな熱心だった。中国人や台湾人、韓国人、そして日本人。日本人の生徒とは、休み時間や放課後に少し日本語でやりとりをした。彼らはとても礼儀正しかった。時にはあの日本人夫婦のように、折り紙で作った小さな鶴をくれたり、私に日本の言葉や文化を教えてくれた。

かねてから、可能であれば日本で働いてみたいという気持ちがあった。容易なことではなかったが、一昨年偶然、知り合いのツテで求人のコネクションを得た。

三十代の終わりに、思いがけず夢を果たしたと思った。しかしこのありさまだ。日本は私の思い描いていたような理想郷ではなく、給料は低く生活は苦しく、学生とはうまくいかない。日本に憧れるなら、観光だけにとどめておけばよかったのだ。居住してこの国に溶け込めないまま、日本を嫌いになっていくのは寂しい。

大学と交わした契約は、まず一年間だ。来年更新されればまたさらに一年在籍することになるが、その保証はない。

ハヤトの言う通り、求められてもいない場所で英語の授業など必要ないのかもしれない。もうそういう時代ではないのだ。

でも、なぜだろう。今日のことはひどくこたえたが、どこかすっきりした気持ちでもいた。

気が済んだのかもしれない。一年たったら、イギリスに帰ろう。ここでの経験も、決して無駄にはならないだろう。

夜になり、夕方から降り出した雨が強まってきたようだ。

私は窓を閉めた。梅雨入りしたのだ。これが過ぎると夏がやってくる。

コーヒーを淹れて一口飲んだら、びりびりと左腕がしびれた。神様だ。

神様は私の手から抜け出すと、ちょこんと私の前に正座した。親愛のこもった微笑みで、私を見ている。

「今日はなかなか、がんばったよ、リック」

褒めてもらえるとは、驚いた。じわっと目頭が熱くなるのを抑え、私からも神様に笑みを向ける。

「あれでよかったのでしょうか、神様」

「うん。かっこよかったよ。ちゃんと想いを言葉にできていた」

そうか、このすっきりした気持ちはそのせいかもしれない。思うままのことを、言えてよかった。たとえ陰で学生たちが、やっぱりつまらないやつだと笑っているとしても。

「では……私は美しい言葉を使えたのでしょうか。もう、神様当番は終了ですか」

うんにゃ、と神様は首を横に振る。

「わし、お話がしたいの。本当はわかってるじゃろ？」

私の答えを待たずに、神様はすうっと、手の中に入っていった。


翌日は、朝からしっとりとした雨だった。

私は傘を差してバス・ストップに向かった。男子高校生が一番に来ていて、広げた傘の柄を片手で持ち、もう片方の手でスマートフォンを操作している。

横に並んだ瞬間、うっかり手元がくるって私の傘が高校生のほうに傾いた。雫が彼の肩に飛び散る。

「あっ、申し訳ありません。大丈夫ですか？」

私が謝ると高校生は一瞬びっくりした顔をして、すぐにホッとしたように笑った。日本語だったので安心したのだろう。

「大丈夫です」

「すみません」

いえいえ、と彼はスマートフォンをズボンのポケットにしまった。そして少し照れ気味に話しかけてくる。

「どちらから、いらしたんですか」

「イギリスです」

三カ月もほぼ毎朝顔を合わせていて、話をしたのは初めてだった。傘がそれぞれの小さなドームになって、声がやわらかく反響している。

「僕、海外へ行ったことがなくて。イギリスってすごくオシャレなイメージだなあ」

「でも、実際に行ったら想像とは違ってがっかりするかもしれませんよ」

私が答えると、彼はなぜか、少し優しい表情になった。

「それはそれでいいんじゃないかな。リアルと直面して、思ってたのと違ったなあっていうのが、案外良かったりするんです」

ハッと胸を打たれた。

理想から外れていることをただ嘆くなんて、それこそつまらない気がした。砕けた日本語の意味を知ることを、私はどうして楽しめなかったのだろう。

急に言葉を失った私の沈黙を埋めるように、高校生は言った。

「雨、だいぶ降ってきましたね」

「……はい。梅雨に入りましたからね」

「ええっ、梅雨なんて知ってるんだ。すげぇ」

高校生は感嘆の声を上げ、傘の外に目をやりながら言った。

「いいですよねえ、雨。この音、落ち着きます」

意外だった。私は思わず問いかけた。

「日本人は、雨が嫌いなのではないですか？」

「雨が好きな日本人も、けっこういますよ」

雨粒を眺めながら彼は言った。私もその隣で、降りしきる雨音に包まれる。

イメージや印象だけで、良くも悪くも日本人はこうだとひとくくりにしていたのは私のほうだったのではないか。

学生たちにやる気がないと、私は頭から決めていた。その証拠に、出席をとるとき、名前を呼ぶだけで目と目を合わせることすらしなかったじゃないか。彼らに期待するだけで、自分から心を通わせようとはしてこなかったじゃないか。

「……私はせっかく日本語を学んだのに、外国人だから理解してもらえないと思っていました。でも、そうじゃなかったのかもしれない」

うつむく私を、高校生は不思議そうに見ている。

「うん？　理解してもらえないなんて悩み、日本人同士にだってあふれかえってますよ」

雨音に混じって、明るい笑い声が聞こえてきた。ふと顔を上げると、いつもここに来る小学生の女の子と若いワーキングウーマンが歩いてくる。彼女たちはカラフルな傘を回しながら、親しげに話していた。

バス・ストップに近づくと、小学生の女の子が男子高校生に「おはよう」と声をかけた。高校生が答える。

「おはよう。楽しそうに何話してたの」

「ないしょ。女子トークだもん」

小学生の女の子が、おしゃまな口調で言った。女子＋トークか。

………トーク。

そうだ、神様が言っていた「お話」はきっと、スピークではなくトークだ。

私に足りなかったのは、一方的に模範解答を語るのではなく、相手と心のこもった言葉を交わすことだったのだ。

網戸の破れをかいくぐる蚊。厄を除ける盛り塩。美味しいさつま揚げ。天気を知らせるキヨタ・エミリさん。教科書には載っていなかったこと。日本に来なければ出会わなかったこと。

いくら文法を習得していても、難しい漢字が書けても、JLPTで最高レベルN1を認定されても、私の知らないこと、教えてもらいたいこと……そして話したいことは、ここに山ほどある。

気が済んだなどと思うのは、まだまだ早いかもしれない。


研究室に着くと、ドアの前でハヤトが立っていた。

心臓がびくんとする。足をとめ、私は少し震える声で訊ねた。

「どうしましたか」

「……あの、ちょっと」

ハヤトは何か言いたげだが、その先が続かないようでただ突っ立っている。

研究室にはまだ誰も来ていない。

「中にどうぞ」

私はハヤトを招き入れた。ハヤトはこわばった顔で唇を尖《とが》らせている。

昨日のことで、私に何か文句があるのかもしれない。でも、どんなひどいことを言われたとしても、きちんと話をしようと私は覚悟を決めた。

私は奥のデスクの椅子に座った。隣の席をハヤトに勧めたが彼は座らず、私のそばに立ったままだ。

「あの……」

意を決したように、ハヤトは勢いよく頭を下げる。

「すいませんでした！」

は、と私はハヤトの尖った後頭部を見た。

「俺、先生のこと誤解してました。リチャード先生、俺らのことバカにしてんだろうなって勝手に思ってた」

「バカに？　なぜ、そんな」

ハヤトは顔を上げ、真っ赤になってまくしたてる。

「だって、すげえ日本語できるし。小テストにテキトー書いても、ぴっちりした日本語で正解書いてくるし。外国人でもこんな完璧な日本語できるんだぞ、すごいだろって言われてる気がしたんです。うちの大学ただでさえ偏差値低いのに、その中でも一番バカなクラスで、その中で俺はまたさらに大バカで。だから英語の授業なんかいらないって、あんなこと言っちゃって……」

そこまで言うと、ハヤトはしゅんと下を向いた。

「マジすいませんでした」

ふっと体の力が抜けた。

「すいません」ではなく「すみません」が正しいだろう、ハヤト。そして「マジ」ではなく「本当に」と言うのが望ましい。

しかし、その表情を見ればわかる。彼がここに来ることをどれだけ迷い、どれだけ強い決意をしてきたのか。ハヤトの崩れた日本語は誠意をもって響き、私の心を大いに動かした。

私は立ち上がる。

「気持ちを伝えに来てくれて、ありがとう、ハヤト」

そしてハグをした。ハヤトは「うおっ」と変な声を漏らしたが、私の腕を振りほどいたりはしなかった。

「では、あの宿題の正解を教えましょう」

ハヤトから体を離すと、私はノートを開いてペンで書き付けた。

What ant is the largest?（アリの中で一番大きいのは？）

あのときの問題だ。ハヤトが英文を復唱する。うん、なかなかいい発音じゃないか。

私は答える。

「Elephant」

エレファント。答えはゾウ。

英語圏でよく見られる、子どもっぽいジョークのなぞなぞだ。「Giant」、ジャイアント（巨人）でもいい。

「陽気な冗談」のつもりだったのでしょう？　神様。

問いかけるようにこっそりカフスボタンを外してのぞくと、あの四文字は消えていた。少しさみしいが、当番は終わったようだ。

私の答えを聞いたハヤトは、ぱちぱちと目をしばたたかせたあと「えーっ」と大声を上げた。

「エレファントのアントって、マジかよ。アリって言ってんのにゾウなの？　ウケる」

ウケるというのは、面白いという意味だったはずだ。やったぞ。調子に乗って、私は流し目でハヤトを見る。

「アリガゾウ」

ハヤトは大げさにのけぞり、目を見開いた。

「え、それってまさか『ありがとう』のダジャレ？」

私はうなずく。顔を見合わせて笑い合ったあと、ハヤトが言った。

「なんか、めっちゃエモい」

エモい。知らない言葉にまた出くわした。ワクワクと胸がふくらんでいく。その意味をハヤトに教えてもらおう。そう、私は学生たちとそんなふうに「お話」がしたかったのだから。

人類にとって何番目かわからないほどの、美しい言葉で。

五番

福永武志

（零細企業社長）

なんなんだ、これはいったい、どういうことだ。

さっきから俺は、自分の左腕を見ながら呆然《ぼうぜん》としている。

こんな不可解なことがあるだろうか。いったいどうしたことか、朝起きたら左の手首から肘にかけて黒々とでかい文字が書かれていたのだ。

神様当番

何度見てもそう書いてある。しかも手書きではなくかっちりとした活字だ。

どういう意味だ？　誰がこんなことを。

妻の八重子《やえこ》は同窓旅行だとかで昨日から箱根《はこね》に行っている。家には俺ひとりのはずだ。

五十半ばを過ぎて、肩が痛いだの老眼が進行しただのいろいろあるが、おかしな病気にでもなったのか。それとも、誰かが俺を陥《おとしい》れようとしているのか。

昨日、何か変わったことがあっただろうかと思いめぐらす。何もない。普段通り、うだつのあがらない社員を叱り飛ばし、経営難をどう克服するかを案じ、働いている俺を置いて女友達と旅行に出かける妻に「社長夫人はいい身分だな」と、ちくりと嫌味をひとつ言った。いつもの俺の日常だ。

思い当たることがあるとすれば、毎日通勤に使っているバス停で一万円札を拾ったことぐらいだ。朝は五人の固定客がいるのだが珍しく俺が一番で、まだ誰も来ていなかった。

コンクリート台の上に置かれた一万円札には「おとしもの」という手書きの付箋がついていた。

それを見て俺は思った。そういえば昔、一万円札を落としたことがあった気がしなくもない。そうそう、この、端がちょっと折れてる感じ、こういう一万円札を持っていたといえば持っていたような……いや、持っていた、はずだ。

俺のだ。

俺はその一万円札を付箋ごと財布にねじこんだ。まさかとは思うが、あれに呪いがかけられていたのか。

俺は居間に行き、財布の中を確認した。付箋のついた一万円札が入っていない。

やっぱりそうか。俺はなにか、禍々《まがまが》しいものに手を出してしまったのか。

「お当番さん、みーつけた！」

突然の声にぎょっとして振り返ると、あずき色のジャージを着たチンケな爺さんがソファの上で正座している。頭のてっぺんは気持ちいいほど禿《は》げあがっていたが、顔の両サイドにはふさふさと白い毛がカリフラワーみたいに密集していた。

「だ、誰だっ！」

俺は思わず、財布を握りしめる。泥棒か？　ビタ一文、くれてやるもんか。

爺さんは子どもみたいに小さくて人畜無害な顔をしているが、こういう飄々《ひょうひょう》とした老人こそ、何をしでかすかわかったもんじゃない。

爺さんはにへらと笑ってこう言った。

「わし？　わし、神様」

ほらみろ、こういうわけのわからんことを本気で言うんだ。気味が悪いったらない。

俺は恐怖で顔をひきつらせながら窓際の電話機に近づき、精いっぱい叫んだ。

「警察を呼ぶぞっ。一万円、返せ！　犯罪だぞ」

爺さんはうひゃひゃと手を叩いて笑った。

「そうそう。犯罪だよねぇ、タケちゃん」

う、と俺は黙る。いや、だって、あの一万円札は裸で落ちてたんだ。名前が書いてあるわけじゃなし、金は天下の回りものって言うじゃないか。それにタケちゃんってなんだ、なれなれしい。俺は福永武志《ふくながたけし》だ。仮にも、福永電工の社長だぞ。

爺さんは、かくんと顔を傾けた。

「お願いごと、きいて」

「……お願いごと？」

「わし、えらくなりたいの」

「はあ？」

「タケちゃん、わしのこと、えらくして」

「な、なんで俺が」

爺さんは腹の底から嬉しそうに、シャーッと笑った。

「だってわし、神様だもん」

まだ言うか、アホくさい。早く出て行ってもらわねば。いや、捕まえて懲らしめるか。

警察を呼ぶべく俺が子機に手をかけると、爺さんは突然くるっと丸まって宙に浮き、小さな赤い球になった。

……ひ、火の玉？

あまりのことに後ずさりした。火の玉はひゅんっと勢いよく俺の左手のひらに入り込み、次の瞬間、腕がぶるぶると揺さぶられる。

「うわあああああっ！」

尻もちをついたとたん、ぴたっと、腕が静かになった。熱くはなかった。やけどもしていない。それだけ確かめてほっとしたが、頭の整理がうまくできない。

あの爺さん、ただの変質者じゃなかった。それどころか、人間じゃなかったのだ。

床に座り込んだまま、俺は左腕の文字を見つめる。

神様当番。

神様の当番が回ってきたということか。

そうか、そういうことか。爺さん、えらくなりたいって言ってたな。

ニヤリと笑いがこみあげる。この当番の間、俺は……。

俺は、神だ。

七月に入ってから毎日本当に暑い。すでに熱中症患者が多発している。なんだか年々、夏の暑さが増している気がする。

俺はいつものように出社した。スーツの下は半袖シャツだ。しかしジャケットは脱がないでおこう。水戸黄門《みとこうもん》みたいなもんだ。普段は庶民のふりして、クライマックスで印籠《いんろう》を見せて皆を平伏させる、あれだ。俺もここぞという時がきたら、上着を勢いよくバッと脱いで「神様当番」の四文字をみんなに見せつけるんだ。

昨日までの俺とは違う。怖いものは何もない。なにしろ今の俺は神だからな。大声で笑い出したいのをこらえ、俺は自動ドアから営業所の中に入った。

福永電工は住宅街の国道沿いにある。周囲に店らしいものはなく、民家に紛れて古い雑居ビルがいくつか点在しているような場所だ。

電気工事全般を請け負う会社を起業して十五年、アパートの一階が貸し店舗になっていたスペースに営業所を構えて十年になる。作業員五人、事務員ひとりと、週に三回ほどパートタイムで出勤して経理を務める妻を合わせ、社員は総勢八人だ。

自宅から車で十五分ほどだが、マイカーは持っていない。必要があれば、会社のバンを使えばいい。それなら経費にのせられる。バス通勤ぐらい、どうということはない。そうやって俺は、私生活でも仕事でも節約に節約を重ねて会社を大きくしてきた。

いつも八重子が冷蔵庫に作り置きしている麦茶を飲もうと給湯室に入ると、見慣れないコーヒーメーカーが置いてあった。

そこに事務員の喜多川葵《きたがわあおい》が入ってきた。髪の毛の短い、やたら元気な二十四歳の女だ。俺は訊ねる。

「おい、このコーヒーメーカーはなんだ」

「あ、リースです。昨日、社長が帰られてから業者さんが営業に来て、一カ月はお試しで無料なんですって。お客さんがいらしたときにサッと出せるし、スタッフのみんなだって、作業から帰ってきて美味しいコーヒーがあったらいいかなって」

俺に断りもなく勝手なことを。無料期間だって電気代はかかるのに。

「こんなもん、いらんだろう。一カ月たったら絶対返せよ。絶っっ対だぞ」

喜多川はあからさまにムッとした顔で口をつぐみ、次の瞬間、何かスイッチを押したように「はーい」と明るくいなした。なんだ、適当に流しやがって。

コップに注いだ麦茶を持って席に向かうと、最年少二十一歳の原岡《はらおか》がデスクで頬杖をつき、目を閉じている。普段は口数が少なくておどおどした奴だが、俺の前で居眠りとはたいした度胸だ。

「おい、原岡。朝っぱらから昼寝か！」

原岡はびくっと肩を震わせて飛び起き、しどろもどろになって言った。

「え、えっと……あの、昨日から……」

「声が小さい！　何言ってるか聞こえないぞ。もういい」

「……すみません」

まったく、若いくせにそんな気弱でどうするんだ。

「原岡、ちょっと具合悪いんですよ。昨日暑かったし。顔見てわかりません？」

挑戦的な声が飛んでくる。長瀬《ながせ》だった。四十になったところで腕は確かだが、こいつが一番、手がかかる。五年前にとび職から転業してきて、俺が電気のノウハウを一から教えてやった。なのにまるでもともと有能だったかのように、生意気なことばかり言ってくる。俺をなんだと思ってるんだ。原岡みたいに貧弱なのも困るが、こういうふてぶてしいのも腹が立つ。

他の三人の作業員だって、似たりよったりだ。未経験でも高齢でも、こっちは善意で採用してやったのに、どいつもこいつも俺への感謝ってものが感じられない。

「体調管理も仕事のうちだろう。たるんでる証拠だ」

俺がそう言い終わらないうちに、長瀬が椅子を蹴るようにして席を立つ。な、なんだ、俺にそんな反抗的な態度をとっていいと思ってるのか。くそ、覚えてろよ。次のボーナスは減給してやる。

自動ドアが開いた。

「はい、すみませんよ。トイレ貸してね」

……俺をイラつかせるヤツがまた現れた。

先月から、ふらりとやってきてトイレを使っていくばあさんがいるのだ。まったくずうずうしい、水道代だってトイレットペーパーだって、タダじゃないんだ。

最初、俺がいないときに八重子が「いつでも来ていいですよ」と許可したせいで、ばあさんは遠慮なく用を足しに来る。長瀬が一度、「家のトイレ壊れてるんですか」

と訊いたことがあったのだが、「いいえ」とだけ明るい返事が戻ってきた。謎すぎる。

「おばあちゃん、ひとり暮らしできっとさびしいのよ。この営業所はガラス張りで中がよく見えるし、トイレを口実にして人がいるところにただ来たくなる気持ち、わかるわよ。トイレぐらい、いいじゃないの」

みんなの前で八重子に諭《さと》され、俺は何も言えなくなってしまった。ばあさんはすぐ近所に住んでいるらしく、大口の客でも引っ張ってきてくれればいいかと思っていたが、その気配はまったくない。

麦茶を飲みほし、喜多川にお代わりを頼もうかと思ったが電話中だ。仕方なく給湯室に出向き、冷蔵庫を開けたら左手が勝手にぐいっと動いた。

「……は?」

左手は新しいコップを取り出し、麦茶を注いだ。そして俺をどんどん引っ張っていく。トイレの前に連れていかれ、なんだなんだと思っているところに、ばあさんが出てきた。

どうぞ、とでも言うように、左手はばあさんに麦茶のコップを差し出す。一瞬けげんな顔をしたばあさんは、ふあっと笑った。

「あれ、嬉しいねえ！　喉が渇いていたんだよ」

そう言われて俺は理解した。そうか、左腕にいる神のしわざか。

どうだ、みんな見たか。この、老人への慈悲深い施しを。ちょっとは俺への敬意を抱け。

俺は振り返ったが、みんな自分のことに忙しそうで、神の偉大な行為に気づいた者は誰ひとりいないようだった。

午後から「社長セミナー」があって、俺は繁華街のホテルに向かった。

このセミナーは二カ月に一度の定例になっていて、三年ほど前からスケジュールが合えば行くようにしている。各分野の社長が集まり、情報交換や縁つなぎに役立てるのだ。

主催は最大手の電気機器メーカー、ヒビヤ・エレクトリックだが、参加するのに職種は問われない。社長であることだけが条件で、大企業であろうと零細企業であろうと、ここでは皆、トップリーダーとして同等というコンセプトだった。

受付に行くと、いつも空のネームホルダーが配られる。ここに名刺を入れて名札代わりにするのだ。

ＩＴ関係やベンチャー企業の起業者がどんどん増えている。そしてどんどん、若くなっている気がする。子どもみたいな顔をして「社員は五十人です」と言ってのける二十歳もいた。何をしている会社なのか、説明を聞いてもよくわからないこともある。

今日はまず、通販サイト会社の社長によるレクチャーがあり、そのあと恒例の懇談会となった。飲み物が用意され、自由に名刺交換や話をするのだ。

いつもここで、気後《きおく》れしてしまう。羽振りのよさそうな同業者だと察知すると、こっそりネームホルダーを隠して場を離れることにしている。

同世代の男性に声をかけられた。ネームホルダーを見てレストラン経営者であることを認めてから、俺は安堵して笑顔をつくった。レストランにコネができるのは悪くない。名刺を交換して「電気工事全般、何かありましたらひとつよろしく」と定型通りに言った。

「電気屋さんなんですね。じゃあ、週末の講演会、楽しみでしょう」

レストラン経営者は言った。

「講演会?」

「あれ、ご存じないですか? ヒビヤ・エレクトリックの社長のですよ」

知らなかった。俺が参加しなかった回で告知があったらしい。彼がその場でスマホを開いて教えてくれたサイトを見ると、この社長セミナーとは別の企画で誰でも申し込めるものだった。

社員三十万人を抱え、世界にその名を知らしめるヒビヤ・エレクトリックの社長。

日比谷徳治《ひびやとくじ》、六十二歳。一代で築き上げたのだからすごい。表に出てくることはめったになく、本人を目の当《ま》たりにできる貴重な機会だった。たしかに、彼の経営戦略は聞いてみたい。

「受付で確認してみれば、満席かどうかわかるんじゃないかな」

彼はにこやかにそう言い残し、さりげなく俺から遠ざかっていった。たいした話もしていないのに。福永電工なんて聞いたこともない会社に用はないと踏んだのだろう。でもいい情報をもらった。俺は言われたとおりに受付に足を運ぶ。ぎりぎりエントリーできたので、気が済んで会場を後にした。

エレベーターに向かう途中の廊下で、足を止めて窓の外に目をやる。二十五階のそこからは、おびただしいビルの群れがずっと下のほうに見えた。

三年前、俺はもう作業着は着ないと決めた。

入れ替わりはあるものの、現場の作業は従業員で回していけると見込んだからだ。学歴も金もない俺がここまで会社を育てるのは、並大抵の苦労じゃなかった。もういいだろう。

これからは、スーツを着るのだ。油や汗にまみれることなく、頭脳を使い人間を使い、会社をもっともっと大きくするのだ。人の上に立ち、大金持ちになった俺を、誰もが称賛と羨望をもって見上げるのだ。

俺は、高いところからの景色が見たい。

磨き上げられた窓ガラスから俺は、精巧なオモチャみたいに広がる世界を見下ろした。

帰宅途中で八重子から「牛乳買ってきて」とメールが入り、俺はコンビニに寄った。まったく、なんで俺が八重子の買い忘れた牛乳なんぞのためにお使いをしなくちゃならんのだ。

狭いスペースに数種類の牛乳が立っている。たしか、この赤いパッケージの銘柄だ。俺は牛乳を一本取ってレジに持っていった。

大学生風の男子店員が会計をする。俺のすぐ後ろで、やはり若い女子店員が冷凍庫にアイスクリームを補充していた。

「百八十一円っす」

そう言われて俺は鞄から財布を取り出し、百円玉を二枚カウンターに置いた。

と、そのときだ。左手がまた勝手に動き始め、財布から一万円札二枚を抜き取った。

な、なんだ、どうする気だ？

左手は万札を持ったまま、レジの脇に伸びていく。さあっと血の気が引いた。

お、おい、まさか。よせ、やめろ！

なにやら俺の体は完全に操られていて、コントロールがきかない。誰か止めてくれと心の中で絶叫するもむなしく、「愛の募金」と書かれた小さなアクリル箱の中に、二枚の万札が押し込まれていった。

男子店員があんぐりと口を開けている。今さら返せとは言えず、俺は涙をこらえて透明の募金箱の中を未練がましく見た。

「十九円の……お釣りです…」

あぜんとしたままの店員から、小銭が差し出される。受け取ろうとしたら、今度は店員の前で左手が大きくパーに開かれた。あきらかに「ストップ」の意味だ。

納得はいかなかったが、体を操縦されている以上、もうあきらめるしかない。

「………それも募金箱に入れておいてくれ」

俺は牛乳の入った白いビニール袋を受け取り、背中を向けた。

自動ドアを出るとき、背後から女子店員の騒ぐ声が聞こえた。男子店員に話しかけているのだろう。

「なに、今の。あのおじさん、神⁉」

牛乳代の百八十一円を八重子から受け取りながら、俺は憤りでいっぱいだった。

それじゃ足りない。プラス二万円だ。いや、正確には二万十九円だ。しめて二万二百円の牛乳。

俺は正直に打ち明けることにした。

「あのな、八重子」

「ん？」

「これを見てくれ」

俺はジャケットの袖をまくり、「神様当番」の文字を見せた。

「なに、これ」

八重子は驚くというより不思議そうに、腕をのぞきこむ。

「昨日、神が俺の左腕に入り込んだんだ」

「へー」

「それで、手が好き勝手に動くんだ。さっきもコンビニで二万円募金してな。だから、この牛乳代は、あと二万円なんだ」

「あははは、そうですか」

……話を端折《はしょ》りすぎたか。いや、相手が悪かったかもしれない。水戸黄門の印籠は、この鷹揚《おうよう》すぎる妻には効かなかった。

「あなたって、意外とそういうお茶目なところあるわよねえ。お小遣いが足りないならそう言えばいいのに」

八重子は自分の財布から一万円札を抜き出し、俺によこした。信じてもらえなくてがっかりしたが、くれるというならもらっておこうと俺はそれを受け取る。

憂鬱な気分で夕食を終え、八重子が鼻歌まじりに風呂へ行くと俺は居間のソファに寝転んでため息をついた。

どうしてくれよう。俺の中に神がいればこの世は意のままだとばかり思っていた。それどころか、これでは無一文になってしまう。

ビクビクッと魚のように左腕が震えた。びっくりしてソファから起き上がると、左手のひらからポーンと火の玉が飛び出し、あの小さな爺さんになった。

「で……出たな、疫病神！」

俺はボクサーのようにこぶしをふたつ構えて威嚇《いかく》した。爺さんは俺を無視して台所までてくてく裸足で歩き、ガスレンジの上にあった鍋の蓋を外した。鍋には筑前煮の残りが入っている。爺さんはレンコンをひとつつまんで口に放り込み、はむはむと咀嚼した。

「わし、八重子、好き」

な、なんだって？　八重子をどうする気だ？

「八重子はいつもドンとしてて、ちょっとやそっとのことじゃ動じなくて、頼れるもん。八重子がいないとわし、怖がりだからなんにもできない」

何を言ってるんだ、この爺さんは。俺は声を強めた。

「おい、爺さん、神様だって言ってたよな。えらくなりたいって。だから俺の中に入ったんじゃないのか。あんたが俺のことをえらくしてくれるんじゃないのか！」

「おいしいなあ、八重子の料理は。この煮え具合も味のしみかたも、絶妙だなあ」

「聞いてんのか、おいっ」

「タケちゃん、お当番さんでしょ。わしがえらくなるためにはタケちゃんがえらくならないと、お当番終わらないよぉ。その文字も消えないよぉ」

爺さんはまたくるっと丸まり、火の玉になった。そして俺の左手の中に入っていく。

やめろ、やめろやめろ……！　いくら必死に抵抗しても、神の力には勝てなかった。


翌朝、営業所に着いたら作業員が誰もいなかった。

喜多川葵だけが、デスクで困った顔をしている。

「みんな、どうした」

「わからないんです。誰からも欠勤の連絡はなくて」

……ストライキか。

ふん、やれるもんならやってみろ。どうせすぐ音を上げるに決まってる。しょせんおまえら、どこにも行くあてなんかないはずだ。

そうは思いつつも、そわそわしながらやり過ごす。十時になって、八重子がやってきた。今日は出勤日だ。

「あら、今日はこんな早くから全員現場に行っちゃったの？　儲かってるのねえ」

のんきに笑う八重子が席についたとたん、電話が鳴った。

びくっとしたが、すぐに期待に変わる。原岡あたりが「寝坊してすみません」なんて電話をかけてきたのかもしれない。

喜多川が電話を取り、しばらく戸惑った声の返答が続いた。保留ボタンを押した喜多川は、青ざめた顔で俺のほうを向く。

「社長、あの……。退職代行サービスからお電話が……」

タイショクダイコウサービス？

一瞬、なんのことかわからなかった。タイショクが退職だと気づき、目の前が真っ暗になる。

震える手で受話器を取ると、抑揚のない女の声が耳にすべりこんできた。

「こちら、退職代行サービスのネクスト・ドゥでございます。長瀬さん、原岡さん、津守《つもり》さん、寺野《てらの》さん、白川《しらかわ》さんの五名は、このお電話をもって、退職の意志を表明しております。今後の一切の連絡は、我々、退職代行サービスを通じてのやりとりになります」

ぴったりと隙のない口調だ。俺はあわてる。

「ま、待ってくれ。あいつらと話をさせてくれ」

「できません。我々を通してください」

「あまりにも急すぎないか。辞めるなら辞めるで、手続きだってあるだろう！」

「健康保険証などは順次ご本人から郵送させていただきます。離職票などもろもろの書類を送付いただければ、ご本人が記入のうえ返送させていただきます」

そんな。そんな、そんな、そんな。

「じゃあ、あんた、なんとか説得してくれないか。たしかに厳しくしすぎたかもしれない、それは謝る。でもそれは会社や社員を想ってのことだったんだ。給料はちょっと上げてやるから、なあ、頼む」

「五名とも、皆さんご本人が辞める意志を固めています。すでに依頼料をいただいておりますので、契約を反故《ほご》にすることはできません」

氷水みたいに冷たい声だった。

俺が絶句していると、女はマニュアルを読み上げるように……実際そうなのだろう……淡々と続けた。

「のちほど、私共の連絡先をファクスさせていただきます。この件に関するご用件はすべて、そちらにお願いいたします」

電話が切れた。

耳元にプープープーと間抜けな機械音が垂れ流されてくる。俺はしばらく、受話器を持ったまま放心していた。

目の前が真っ暗になったあとは、頭の中が真っ白になった。

何をどうすればいいのかわからず呆《ほう》けている俺の傍らで、喜多川と八重子があれこれ話しながらパソコンを操作したりあちこち電話をかけたりしている。

七月といえば、エアコンの取り付けや修理、クリーニングの書き入れ時だ。

作業員が全員いなくなって、今受けているぶんはどうすればいいのだろう……と、俺ではなく喜多川が思い立って調べてくれた。

今日以降の受注データはすべて、削除されていた。というより、注文が入っているように見せかけてすべてフェイクだったらしい。営業が得意な長瀬と、パソコンに強い寺野に任せてしまっていたのが失敗だった。

「でも、電話とかメールとか、注文来てたじゃない？　葵ちゃん、受けてたわよね。

あれも全部断ったってこと？」

八重子が訊ねる。喜多川が言いづらそうにパソコンの画面を指さした。

「見てください、これ……」

――電気のことならなんでも！　私たちにおまかせください。
有限会社　デンキッズ

電気工事会社のホームページだ。中央で作業着姿の男たちが笑っている。

俺は喜多川の席に座り、そのやたら元気のいい写真に顔を近づけた。

長瀬、原岡、津守、寺野、白川。あいつらだった。肩を組んだりガッツポーズをとったりして、ずいぶんと楽しそうだ。原岡でさえ、見たことのない明るい笑顔を浮かべている。揃いの作業着は清々《すがすが》しい紺色で、福永電工のくすんだグレーを着ていたときよりもずっと若々しく活発に見えた。

会社概要を開いてみると、創立日は今日の日付、代表取締役は長瀬になっていた。

喜多川の話では、もしやと思って長瀬の名前で検索したらこのサイトにたどりついたという。

「考えたくないけど……。長瀬さんたち、ずっと前から起業を計画していて、今日以降の注文は全部こっちに回していたんじゃないでしょうか」

　喜多川がそう言い、唇を嚙んだ。

「……まあ、そうだろうな……」

「それって違法じゃないですか。犯罪ですよ、福永電工に来た仕事を自分たちが取っちゃうなんて。こんな形で、卑怯です。訴えましょうよ！」

「いや……いいよ」

　自分でもびっくりするぐらい、ショックを受けていた。戦う気力は、俺には少しも残っていない。

「どのみち、あいつらが一斉にいなくなるなら受けられなかった注文だ」

　どうなってるんだよ、爺さん。あんた、疫病神というより貧乏神か。えらくなる道は、どんどん遠ざかっていくじゃないか。

　そのまま喜多川のパソコンの前でぼんやりしていたら、メールの着信音がした。福永電工の公式サイトに設置されたフォームから申し込まれた依頼だった。喜多川が言う。

「こういうの、当面は受けられないですよね。このお客さんにはお断りして、フォームも停止しておかないと……」

　不意に、左手が動いた。ああ、またか。

左手はマウスとキーボードを交互に使い、あっというまにその依頼を受ける作業を遂行してしまった。新規の客、明後日の午後二時、リビングのエアコン取り付け。フォームに「受注」のマークが表示される。

どうするんだ。作業員はもう、ここにはひとりもいないのに、こんなの誰が行くんだ。

「………俺か」

俺はひとりごちて大きく息をつく。

自動ドアが開いた。あいつらが思い直して戻ってきてくれたのかと振り向くと、いつものばあさんが入ってきて「すみませんね、トイレ貸してねぇ」と笑った。

どんなにつらいことがあっても、朝はくる。

俺はいつものとおり、通勤するためバス停まで歩いた。

考えなくてはならないことが山積みだった。今までずっと、赤字とまではいかないまでも完全な自転車操業だったのだ。まずは急いで社員を増やして、なんとか持ちこたえなくては……。

でも、新しく求人広告を出すことは大きな不安となってのしかかってきた。

せっかく採用してやって、せっかく仕事を教えてやって、また裏切られたら。そう思うと、誰をどう信じればいいのかわからなかった。

やっとここまできたのに。やっと作業着ではなくスーツを着て仕事ができるようになったのに。俺は社長なんだから、社員に命令したり従わせたりするのは当たり前じゃないか。人の上に立ちたい、高いところを目指したいって、それの何が間違ってるっていうんだ。俺は今まで、精いっぱい努力して自力でのぼりつめてきたんだぞ。

バス停には、いつもの顔が並んでいた。男子高校生、ＯＬ、小学生女児、外国人男性。最近、こいつらは妙に仲がいい。バスを待つ間、挨拶を交わしたり軽く雑談したりする。俺はその輪に入れないままで、居心地が悪い。

最後尾にいた外国人男性の横に並び、バスを待つ。みんな楽しそうに話していて、疎外感を覚えた。会社でもよくそういうことがあったが、ここでもそうか。俺だけ外れ者にしやがって。俺だって、話しかけてくれれば返してやる心づもりはあるんだ。

まあ、折れてやるか。たまには俺から話しかけてやってもいい。

「暑いな」

しかし、誰も俺のほうを見ようともせず話し続けている。

無視か。聞こえないのか、それとも独り言だと思ってるのか。

いや、バカにしてんのか、俺のことを。

「……おいっ」

俺は叫んだ。四人が話を止めてこちらを向く。

蝉《せみ》が鳴いていてやかましい。どうしようもない苛立ちに、暑さが拍車をかけた。頭に血がのぼったまま、俺はぶちまける。

「無視すんな！　俺を誰だと思ってるんだ、崇《あが》めろっ！」

今度こそ、水戸黄門だ。こいつらを屈服させてやる。俺は鞄を放り投げ、上着をがばっと脱いだ。見ろ！　この左腕を！

「俺は神だ！」

三秒、沈黙があった。

そこにいた四人が全員、仰天している。目を丸くする高校生、頬に手をあてるＯＬ、大口を開ける小学生、フリーズする外国人男性。

どうだ、恐れ入ったか。

ところが次の瞬間、どおっと大きなどよめきが起きた。

「うそ」「マジか」「エモい」「いいなあ」「今、おじさんのところにいるんだ！」「あれっ、お姉さんのとこにも来たの⁉」「えっ、千帆ちゃんのところも？」「わーっ、僕だけじゃなかったんだ」「素晴らしい、ワンダフル」

な、なんなんだ、こいつら。ぴーちくぱーちく言いながら、さらに結託してやがる。

「うるさいっ、うるさいうるさいっ」

俺は地団駄を踏む。なんで笑うんだ、なんで俺だけいつも仲間外れの惨めな側なんだっ。

「あ、バス来た」

小学生が坂の上を指さす。バスが俺たちの前に止まった。

プシュッと扉が開き、一同、なんだかはしゃいだ様子で乗り込んでいく。

俺の前にいた外国人男性が、にこやかに言った。

「怒ったあとは、これからたくさん、お話をして笑いましょう。一緒に」


その日は一日、ぐったりとして何もする気が起きなかった。

喜多川は受注システムを変更したり、伝票の整理をしている。明日のエアコン取り付けの一件は俺が行くことにしたが、その後はとりあえず停止することにした。喜多川は電話での問い合わせにも言葉を濁しながら目処が立たないと伝えていた。がらんとした営業所に、心苦しそうな声が響く。

八重子はもともと出勤日ではなかったうえに、美容院の予約を入れていると言っていつも通り俺を送り出した。なにが美容院だ、この一大事に。そうは思ったが、まったくへこたれた様子のない妻に救われたのも確かだ。

「こういう時こそ、きちんと身なりを整えてキレイにして、気合を入れるのよ」

気合を入れて……気合を入れて、どうすればいいんだ？

あいつらをとっつかまえて、土下座させて……。

いや、そんなことしたくてもできない。頭でもんもんと妄想するだけだ。それなら、俺が土下座するか？　帰ってきてくれと、プライドをかなぐり捨てて。

……疲れた。

椅子にもたれかかり目を閉じる。そのとき、ふわっといい香りがした。

「どうぞ」

目を開くと、すぐそばに喜多川がいた。プラスチックの白いコップに入ったホットコーヒーがデスクに置かれている。あのリースのコーヒーメーカーで淹れたのだろう。

「……うん」

俺はコーヒーに口をつける。うまかった。なんだか人心地がつく気がした。

もう六時だ。喜多川はパソコンを閉じ、帰る準備を始めた。そしてふと、振り返る。

「社長」

「あ？」

「今夜、私とストリップ劇場に行きませんか」

「……ああ？」

俺は眉をひそめた。

「笑えない冗談言うな、こんなときに」

喜多川はまじめな顔で答える。

「冗談なんかじゃないですよ。私、時々行くんです。すごく元気出るんです」

「ひとりで行け。俺はそんなものに興味はない」

そう言った直後、また勝手に左手が動き始めた。今度は何するんだ、爺さん。阻止できないのはわかっている。あきらめて身を任せていると、左手はスマホを開いて素早く八重子にメールを打ち始めた。


今夜、喜多川と所用。遅くなる。メシはいらん。


行く気か。ストリップに。もう、なんとでもしてくれ。

送信ボタンを押そうとした指がふと止まり、メールにもう一行加えた。

八重子、愛してる♡

「おいっ!」

俺は悲鳴に近い声を上げたが、左手は送信ボタンを押してしまった。

俺はデスクにつっぷした。どうしたらいいんだ。早くえらくなって当番を終えないと、俺の人生はあの爺さんにのっとられて滅茶苦茶になってしまう。

すぐにメールの着信音が鳴った。八重子からの返事だ。恐る恐る開く。

両想いね♡

「……アホか」

そう言いながら、口元が緩んでいた。コーヒーを飲みほすと俺は、営業所を出ようとする喜多川を呼び止めた。


喜多川に連れられて行ったストリップ劇場は、電車で三十分ほどのところにあった。初めて降りる駅を出て、下町の繁華街へと足を運ぶ。

古い雑居ビルの入り口に「ヤマト・ステージ」という電光看板が立っている。ストリップ劇場に来たのは初めてのことだ。緊張気味に細い階段を上がって二階に行くと、券売機があった。一般五千円、女性三千円。シニア、学生もある。

予感はしていたが、左手が勝手に券売機に札を入れ「女性」のボタンを押す。チケットを喜多川に渡すと、彼女はびっくりして「やったあ！　ありがとうございます」と飛び跳ねた。自分のぶんと合わせて八千円だ。思わぬ出費は痛かったが、喜多川の笑顔を嬉しいと感じなくもない。

黒い内ドアを開けて劇場の中に入る。電車の中で喜多川が説明してくれた話によると、朝から晩まで一日かけて四回のステージがあり、一回ごとに同じ五人のダンサーがそれぞれの持ち時間でひとりずつ踊るらしい。喜多川は中でも「愛和《あいわ》ネネ」という踊り子のファンだという。俺たちが入ったのは四回目がちょうど始まるころだった。

ステージからは細長い花道が延びていて、その周りを囲うように椅子が置かれていた。客席数はざっと六、七十ぐらいだろうか。

「よかった、間に合った」

喜多川は最前列に席がふたつ空いているのを見つけ、俺の腕を引っ張る。薄い座布団の敷かれた硬い椅子で肩を寄せ、俺たちは舞台の前に座った。場内が暗くなり、アナウンスが入る。

「第四回目、トップバッターは愛和ネネさん。演目は『どんぐりと山猫』です」

わ、今日は宮沢賢治だ、と喜多川が小声でささやいた。ストリップで宮沢賢治？さっぱりわけがわからん。『どんぐりと山猫』ってたしか、山猫から招待状が来てどんぐりの裁判に向かう少年の話だったたか。

照明がつくと、ステージの真ん中に白いTシャツと半ズボンを穿いた女が立っていた。端正な顔立ちで、背筋がすっとしている。年齢はまったく想像できない。若いようにも見えるし、ベテランの風格もあった。彼女が愛和ネネか。髪の毛をきつくアップにし「少年」に扮しているようだ。手には一枚のハガキを持っている。童謡のような明るい曲に乗り、愛和ネネはハガキを嬉しそうにかざしながらくるくると踊った。

「山猫からの招待だ！」

無邪気にそう言い残し、ネネは舞台袖に去った。音楽は流れ続けている。

「……これ、ストリップだよな？」

喜多川にひそっと尋ねると、彼女はにんまり笑った。

「まあ、見ててください」

音楽が突然変わった。黄色と緑の照明が交差し、舞台奥のミラーボールが回り始める。

そこに、ひらっと一匹の猫が現れた。

いや、山猫を演じている愛和ネネだった。猫の耳をつけ、黒い着物に黄色の陣羽織を纏《まと》っている。こんな短い時間で着替えてきたのか。

ドラマチックな曲調の音楽に合わせ、彼女はまるで本物の猫のようにやわらかくしなやかに体を動かす。

そして喜多川に目を留めると、招き猫のように片手を挙げて歓迎のしぐさをとった。次に、その隣にいた俺とも目を合わせてほほえみ、一度ターンをしてから俺に手を伸ばしてくる。

条件反射で俺も手を出すと、何か硬い粒のようなものを渡してきた。

つやつやとした、どんぐりだった。

ネネはステージをいっぱいに使って踊り、手を伸ばせるだけの客にどんぐりを配った。客のほとんどはいい歳をした男ばかりだったが、皆、幼稚園児みたいに幼い表情でネネからどんぐりを受け取る。

音楽がぴたりと止まり、ネネは花道の先で叫んだ。

「一番えらいのは、誰だ？」

胸の奥に、楔《くさび》を打たれたような衝撃が走った。

自分に向かって真っすぐ投げかけられたような気がした。一番えらいのは、誰だ？

今度は讃美歌のような荘厳なメロディが流れてきた。ネネはステージに座り込み、脚を広げた。長い髪がほどかれ、はだけた胸元から白い乳房がのぞく。

そこからは、官能に満ちたストリップショーだった。力強いダンスの中に、豊潤な色香が立ち上ってくる。どこまで計算しているのか、体の線をつたって汗の流れるさまが妖艶だった。一枚、また一枚、少しずつじらしながら、時には大胆に襦袢《じゅばん》を払いながら、ネネは衣装を脱ぎ捨ててその美しく締まった肉体を露わにしていった。

ステージの去り際に、ネネはどこか遠いところに声を放るように言った。

「一番えらくなくて、ばかで、めちゃくちゃで、てんでなっていなくて、頭のつぶれたようなやつが、一番えらいのだ」

照明がぱっと消えた。

暗闇の中、俺は自分でも説明のつかない感動で震えていた。『どんぐりと山猫』は、そういえばそういう話だった。どんぐりたちが誰が一番えらいのかを争い、少年に法話を耳打ちされた山猫があの最後のセリフを言うのだ。

あの言葉の真意は、正直、深くて難しくて理解できない。でも今日俺は、理由があってここに連れてこられた気がした。手の中の、小さなどんぐりの硬さを確かめながら。

踊り子が自分のステージを終えるたび、客それぞれと一緒に写真撮影する時間があるらしい。俺は喜多川に促され、列に並んだ。愛和ネネは客のひとりひとりに気さくに話しかけている。俺たちの番がくると、「葵ちゃん！」と人懐こい笑顔を見せた。

「今日は、うちの社長を連れてきちゃった」

喜多川が言うと、ネネはくわあっと笑った。

「あらっ、じゃあ、この方がぷんぷくちゃん？」

ぷんぷくちゃん？　なんだ、それは。

喜多川はあわてて「シー！」と指を口に持っていったが、すぐに「まあ、いいかあ。そう、彼がぷんぷくちゃん」と笑った。

喜多川が千円札をネネに渡す。ネネは「二枚ね」と受け取り、俺と喜多川の間でポーズを構えた。後ろにいた客がネネに頼まれ、俺たちにデジカメを向けている。

二枚の写真を撮り終えると、ネネは言った。

「よかったら、あとでバーに来てね。おいしい肉じゃが作ったのよ」

「肉じゃが？」

ぽかんとしているうち、次の客がネネと話し始めた。俺と喜多川は席に戻る。

わやわやとした劇場内には、ちらほらと女客の姿もある。俺は喜多川に訊ねた。

「女が女の裸を見に来るって、どういう気持ちなんだ？」

うーん、と喜多川は首を回した。

「鑑賞の仕方は人それぞれだから、私の場合は、ですけど。裸そのものというより、脱ぐっていうその人だけの芸術を見に来てるのかも。女の人が、体ひとつでしっかり立って、こんなにキラキラしてる姿に胸を打たれるんです」

体ひとつ。

その言葉にはっとして俺はもう一度ネネを見た。舞台にいたときとは違う柔和な表情で、客と顔を寄せ合っている。

「私、ストリップに行った日は、お風呂に入る前に自分の裸をじっくりすみずみまで見て、この体がいとおしくなるんです。何を着ることもできるけど、体はひとつしかないんだなって。そういうことも思い出させてくれるんですよ、ストリップは」

喜多川に言われて、俺は自分が着ているスーツを見る。そして、この中にある自分の体のことを少しだけ思った。

列に並んでいた客の撮影がすべて終わり、ネネが手を振りながら舞台袖に去っていく。ほどなくして、次の踊り子のステージが始まった。

今度はひと昔前の歌謡曲がかかり、アイドル顔の若い踊り子が飛び出してくる。フリルのたくさんついた衣装で腰を揺らし、客席に投げキスをしていた。さっきの愛和ネネの演目とは異なり、早い段階から肌を露出させていく。昔の恋人との思い出をたどるというオリジナルのストーリー仕立てになっているようだった。

その踊り子の演目が終わり、客との撮影タイムが始まってから俺は感心して言った。

「踊り子によってずいぶん違うんだな。ストリップって、ただエロいんじゃなくてちゃんとした創作なんだな、すごいな」

喜多川が顔を輝かせ、身を乗り出してくる。

「そうなんです！　踊り子さんそれぞれの世界観があって、回によっても変えていたりするし、同じ演目を見てもライブだから全部そのつどの良さがあるんです。社長がわかってくれて、嬉しい！」

喜多川は足をばたばたさせた。

「ネネさんのステージはまたちょっと独特ですよ。ネネさん、すごい読書家なんです。小説を演目にすることも多くて、私、あとからその本を読んだりするんだけど、ネネさんはあんなふうに解釈したんだなあって、それもまた楽しくて」

喜多川はそこで「ちょっと待っててくださいね」と立ち上がった。

トイレにでも行くのかと思ったらすぐに戻ってきて、自分のバッグを肩にかける。

「バーに行きましょう。ネネさん、もうカウンターに立ってます」

そう言って示す喜多川の手の先を見ると、客席の後ろに上半分ガラス張りのドアがあった。どうやらそこがバーらしい。

喜多川の後ろについていくと、ドアの向こうには想像以上にしっかりと「店」があった。カウンターの奥にワイドテレビが設置され、酒のボトルやメニューの書かれた小さな黒板が並んでいる。等間隔のスツールには客が三人、散らばって座っていた。

「いらっしゃい」

カウンターの中に、愛和ネネがいた。一度シャワーを浴びたのだろうか、すっきりした表情で健康的な薄化粧になっている。こざっぱりした水色のTシャツに赤いエプロンをつけていた。

さっきまでなまめかしく踊っていた姿や、ファンサービス豊かな愛嬌《あいきょう》ある笑顔を思い出すと、なんだか別人に見えた。

「座って、座って。ねえ、ディーさん、こちらぶんぷくちゃん」

ネネに誘導され、喜多川と並んでスツールに腰掛けると、俺からひとつ椅子を挟んだ先に青いキャップをかぶった初老の男がいた。

「ディーです。よろしく」

見れば、キャップの中央に中日ドラゴンズのロゴがついている。ドラゴンズのDで、ディーさんか。

「福永といいます。電気工事会社を経営しております」

「ああ、社長さんですか。はじめまして」

ディーさんというその男は、温厚な笑みを浮かべた。ネネがてきぱきと言う。

「ぷんぷくちゃんはお酒大丈夫？　今日は北海道《ほっかいどう》のいい地酒があるのよ。葵ちゃんも飲むわよね」

「お近づきのしるしに、おふたりの分は私が」

ディーさんはポロシャツの胸ポケットから千円札を二枚取り出し、ネネに渡した。何枚入っているのか、胸ポケットはむき出しの札でふくらんでいる。

「ごちそうさまでーす」

屈託なく喜多川がディーさんに礼を述べた。俺も軽く「どうも」と頭を下げる。

「葵ちゃん、肉じゃが食べる？　ごはんもあるわよ」

「食べる！」

「ぷんぷくちゃんも食べるでしょ」

「……あ、はぁ」

ネネは奥にいた店員に「ミコトちゃん、北の旅人と肉じゃが、ふたつずつね！」と声をかけた。ディーさんが肉じゃが代まで渡そうとするのを「いや、それは」と俺は止めた。

「いいんですよ。ささやかな歓迎の気持ちです」

ディーさんはにこにことそう言い、ネネが札を受け取る。

そこに酒が運ばれてきた。喜多川と俺、ディーさん、ネネと四人で乾杯をする。喜多川が、くーっと一気に酒を飲みほした。

「だ、大丈夫か」

「大丈夫ですっ」

肉じゃがの小鉢が差し出された。私が朝から仕込んだのよ、とネネが言う。

「そうだ、写真、渡しておくわ」

さっきデジカメで撮った画像を印刷したものだ。俺と喜多川のぶんが一枚ずつ、ビニールのラッピング袋に入っていた。袋の中には写真のほかに個包装のキャンディと、ポストカードがついている。取り出してみると、写真の裏にネネのサインと日付、「ぷんぷくちゃんにお会いできて嬉しいです！」というメッセージが入っていた。

朝から肉じゃがを仕込んで、一日四回のステージに立って、その合間に写真の裏にサインやメッセージを書き、キャンディなんかをパックしてラッピングし、何度も着替えながら、さらにカウンターに立って客と談話するのか。愛和ネネは、いったい何人いるのだ。

「樋口さん、また個展やるんだね」

ディーさんが俺の手元を見て言った。さっき撮った写真の台紙代わりなのかと思ったが、ポストカードをよく見ると個展のDMになっている。樋口淳というフォトグラファーの名前が書かれていた。

「ねえ、芽が出るまで下積み長かったけど、ホントにがんばったわよね、彼」

ネネがそう言いながら、喜多川のコップに酒を注いだ。代金のことを何も言わないところを見ると、それはネネからのサービスらしい。

「樋口淳って、あ、私知ってるかも。最近、若い子たちの間で人気ですよね」

喜多川がそう言い、ひくっとしゃっくりをした。

「そうそう、いい写真撮るのよ。まだ苦学生だったころにここで照明のバイトしてて、僕は写真が好きでたまらないんです、光のあて方が勉強になりますって、純粋に夢を追いかけててね」

カウンターの端から「ネネさーん」と声がかかる。ネネは明るく返事をしてそちらに移った。

ディーさんが言った。

「ネネさんはね、こんなふうにさりげなく写真と一緒にＤＭ入れたりして、ずっと彼を応援してるんですよ。樋口さんだけじゃない、彼女が関わったがんばってる人に向かって、ネネさんは惜しみなくエールを送り続ける」

「パワフルだな。自分だってあんなにハードなのに、どこにそんなエネルギーが」

「愛されているからでしょう。みんなが彼女を愛して、彼女はそれ以上にみんなを愛するんです。そのエネルギーが循環している。ネネさんは応援の持つ莫大《ばくだい》な力を知っているんです。ひとりで叶えられる夢など、何ひとつないってことも」

俺は黙って、肉じゃがを口に入れた。

ほどよい甘みがあって、うまい。

ネネは男性客ふたりと笑い合っている。俺はディーさんに訊ねた。

「ネネさんは、おいくつなんですか」

「さあ？」

ディーさんは愉快そうに笑った。

「彼女のプライベートは一切、知りません。本名も年齢も、どこに住んでいるのかも。知らなくていいんです。ここでは、彼女が愛和ネネであることがすべてだ。野暮なことは、訊かんのです」

ネネが戻ってきた。

「葵ちゃん、大丈夫？」

隣を見ると、喜多川が両手で顔を覆っていた。気がつけば二杯目の酒も飲みほしている。酔っぱらって気分でも悪いのか。

「悔しい……。長瀬さんたち、ひどい」

泣いていた。

ネネが水を持ってくる。喜多川はぼろぼろと涙を流しながら言った。

「全員いなくなっちゃったのよ、いきなりよ？　前の日まで、葵ちゃん葵ちゃんって仲良くしてくれてたのに。私のことなんて、一緒に仕事する仲間だなんて思ってなかったのよ。事務員だから？　女だからなの？」

胸が痛んだ。俺は、自分のことばかり考えていた。喜多川も喜多川なりに、自分が疎外されたことに傷ついているのだ。

喜多川にティッシュを渡しながら、ネネが俺に顔を向けた。

「全員いなくなっちゃったって？」

「いや、その……」

俺は言葉を濁す。喜多川が堰《せき》を切ったようにしゃべりだした。

「みんなして社長を裏切って、新しく起業しちゃったのよ。ただでさえ、八人しかいないちっちゃい会社だったのに、もう、私と社長と、経理の奥さんしかいないのよ。電気工事屋にとって夏は一番の繁忙期《はんぼうき》だっていうのに注文ストップしちゃって、これからいったいどうすればいいのよーっ！」

「ちっちゃい会社で悪かったな」

俺は思わず苦笑する。こんなふうに大声で泣かれて、不思議と気が楽になった。少なくとも、今の俺はひとりぼっちじゃなかった。

「電気工事屋さんなんですか」

奥から若い店員がひょこっと出てきた。「ミコトちゃん」と呼ばれ、厨房《ちゅうぼう》とカウンターを行ったり来たりしていた活発な女の子だ。

「ええ、まあ」

俺が答えると、店員は言った。

「じゃあ、わかるかなあ。厨房のエアコン、怪奇現象があって」

「怪奇現象?」

「木魚の音がするんです。エアコンをつけてるときだけじゃなくて、消してからも」

ああ、それなら。俺はすぐに思い当たる。

「ポクポクっていう音?」

「そうそう、気持ち悪くて。冷房は普通に使えるから、壊れてるわけじゃないと思うんだけど」

「ちょっと、見せてもらっていいかな」

俺は椅子から降りた。

厨房には窓があり、狭いベランダがついていた。室外機はそこに置かれている。窓の鍵に手をかけ、俺は店員に言った。

「ちょっとだけ、開けるよ」

ほんの五ミリほど、窓を開ける。ポクポク音はぴたりとやんだ。やっぱりだ。

「ドレンホースに空気が入ってるんだな。故障でも怪奇現象でもないよ」

「ドレンホース？」

「水を排出するホースだよ。部屋の気密性が高いと、換気扇を回したときに気圧が下がって外の空気が入ってくることがあるんだ。どうしても窓をぴったり閉めたいなら空気の逆流防止弁をつけるっていうのも手だけど、網戸もあるし、これで解決するなら別に問題はない」

店員が「すごい！」と明るく笑った。いつのまにかネネと喜多川、ディーさんまで来ている。ネネが俺を軽く叩いた。

「やだ、カッコいいじゃない、ぷんぷくちゃん！　今後なにかあったときのために、名刺置いていってよ」

「いや、べつに。空気が入ったって、ただそれだけのことだ。修理もしてないし」

俺は謙遜ではなく本心でそう言った。一応、求められたので名刺を店員に差し出す。流れでネネとディーさんにも渡した。

「その、ただそれだけのことが、わからないから怖かったんですよ」

店員がほっとしたように笑みを見せる。すっかり泣き止んだ喜多川が、なんだか高揚した表情で立ち尽くしていた。

翌日、二時からエアコン取り付け作業だった。久しぶりの現場だ。

俺はしまいこんでいた作業着を引っ張り出した。またこれを着ることになるとは。

出かける準備をしていたら、喜多川が言った。

「社長、お願いがあります」

爺さんだけじゃなくて、今度は喜多川のお願いごとか。

「なんだ」

「エアコンの取り付け、私も連れて行ってくれませんか」

「は？」

びっくりしていると、帳簿をつけていた八重子が言う。

「あら、そうしてくれる？　葵ちゃん。助かるわあ、この人すごい方向音痴なのよ」

「……うるさい」

「私が一緒に行こうかなと思ってたんだけど、この暑さでしょ、更年期にはこたえるのよね。私、電話番のほうがいい」

喜多川は俺をじっと見ている。

「うん、まあ、いいだろう」

本音を言えば、俺も助かった。初めて行く家だ。商業施設ならともかく、民家を住所だけで探し当てるのは俺にはなかなか困難な作業だった。カーナビも、スマホのマップアプリも操作がイマイチよくわからない。ひとりで回っていたころ、依頼先に行く途中、迷って電話をかけて確認することもしょっちゅうだった。

喜多川はスラックスとTシャツの上に、作業着の上着だけ羽織った。ロッカーに残っていた予備で彼女にはぶかぶかだったが、それだけでれっきとした作業員に見えた。

依頼主の家は、営業所から二キロほどのマンションだった。バンに乗り込み、喜多川のナビで俺がハンドルを回す。

五分ほど進み、信号待ちのときに窓の外を見ながら喜多川が言った。

「あ、そうだ。私、ここの英会話スクールに通ってるんですけど」

窓の外に目をやると、雑居ビルの三階に英会話スクールの看板がついている。一階はコンビニになっていた。このあたりでは貴重な二十四時間営業の店だ。

「トイレを借りに来るおばあさんがいるじゃないですか」

「うん？」

「この間、夜の授業が終わったあとに教室の中でプチパーティーみたいなのがあって、その帰り十時半ぐらいにここのコンビニに寄ったんです。そうしたら、あのおばあさんがトイレから出てくるところを見ちゃって。ほとんど手ぶらな感じで、買い物もしてなかったです。おばあさんは私には気づかなかったと思うんですけど」

「トイレ借りるのが好きだな」

信号が青になる。アクセルをゆるく踏むと、喜多川は続けた。

「おばあさんが出て行ったあと店員さんたちが、おばあちゃん、また来たねって言ってるの。それでちょっと気になって聞いてみたんですよ。一カ月前から、朝早くとか夜によく来るんですって、トイレだけ借りに」

「……つまり、うちの営業所が開いていない時間ってことか」

喜多川がうなずいた。

「おばあさんち、うちの近くって言ってましたよね。お年寄りがトイレだけのためにひとりで歩くには、けっこうな距離があるでしょう。朝はともかく夜遅くは危ないなあって」

八重子は「ひとり暮らしでさびしいから、トイレを口実に人のいるところに来る」と言っていたが、こうなるとそればかりではない気がした。やっぱりトイレが壊れてるんじゃないのか。早く業者を呼んで直してもらえばいいのに。金がないのだろうか。

依頼先のマンションに着いた。エントランスでインターフォンを押すと、はあい、と伸びやかな女性の声がする。

「お世話になります、福永電工です」

喜多川がはきはきと言った。ドアが開錠される。

若くて元気のいい女の声でドアが開くというのも、いいもんだなと思った。指定された部屋番号を訪ねると、人のよさそうな五十代と思《おぼ》しき奥さんが俺たちを迎え入れた。

「こんなに早く来てもらえてよかったわ。どこも予約いっぱいで、一カ月待ちって言われちゃって。ほんと、助かった」

エアコンの設置場所を確認し、さっそく取り付け作業に入る。喜多川は俺に工具を渡したり掃除を手伝ったりしながら、時折、奥さんと話をしていた。どうということはない会話だ。熱中症予防には梅干しがいいのよとか、駅前にある花屋の評判がいいとか。

独立したばかりのころのことを、思い出していた。

高校を卒業して就職したのが、商店街の電器屋だった。店主と俺のふたりで回しているような小さな店だ。三十になったとき、店主と大喧嘩した。頭の固いオヤジの下で働くのが、いよいよ窮屈《きゅうくつ》だった。俺はこんなさびれた商店街のちっぽけな店で生涯を終わらせる男じゃないと、うぬぼれていた。

そのあと電気関係の会社や工場で何度か職を変え、八重子と結婚をした。「福永電工」を起《た》ち上げたのは四十の手前だ。最初は営業所も構えない、実質、俺だけの会社だった。エアコンやウォシュレットの取り付け、修理をメインに、主に一般家庭を回った。

道順をナビするという理由で、八重子はいつも依頼先についてきてくれた。作業にたいして関わるわけではない。ただ喜多川と同じように、その家の奥さんと軽い雑談をするだけだ。

すっかり忘れていた。思えば、そういうことが顧客の信頼を作ってくれた。何かあったら次も頼むわねと、主婦たちは俺ではなく八重子を通じて言っていたのだ。

家にひとりでいる主婦のところに明るい女性スタッフが来るというのは、安心感を抱かせるのだろう。男には見られたくない場所もあるかもしれない。ちょっとした質問や言いにくいことも、愛想の悪い俺よりも八重子や喜多川にだったら気軽に伝えられるはずだ。

そうだった。俺たちは、人の生活しているスペースに入り込む、そういう仕事をしているんだ。

エアコンを取り付け終わり、稼働を確認すると、奥さんと喜多川が「わー」と言いながら拍手をした。久しぶりでやや緊張したが、電気工事は決して嫌いな作業ではなかった。

「お茶を淹れるから、飲んでいって」

奥さんが台所へ回る。遠慮しようと思ったが、俺たちが片付けをしている間にグラスいっぱい氷の入った麦茶が用意されていた。

「台所の電気、ひとつ切れてるんですね」

喜多川が言った。台所の照明箇所はふたつあるらしい。

「そうなの。一昨日、切れちゃって。新しい電球は買ったんだけど、ひとつでもなんとかなるから、ついめんどくさくて後回しにしてたわ」

麦茶を飲んでいる俺たちのところに、水羊羹《みずようかん》が運ばれてくる。喜多川が言った。

「私、やりましょうか？」

「えっ、ほんと？」

「ええ、サービスで」

喜多川が俺のほうをチラッと見た。俺は無言でうなずく。

奥さんはチェストの引き出しから電球を取り出し、喜多川に渡した。喜多川は俺が持ち込んだ脚立を台所に立てる。

「ありがとう、嬉しいわ。こういうのって私、本当におっかないの。取り付けたときにビビッとくるんじゃないかとか、椅子の上に乗って作業してて落っこちたらどうしようとか。交換し終わって椅子から降りるときも、バランスを崩さないかドキドキしてね。もう、命がけよ」

電球交換ぐらいで命がけとは、大げさな。俺は笑いそうになったが、奥さんは真剣な表情で訴えるように続ける。

「家でひとりでいるときに頭でも打ったらって考えると、本当に不安になっちゃう。今日みたいにエアコン取り付けとかがあればいいけど、電球ひとつ替えるだけのために業者さん呼べないしね」

ふと、あのトイレを借りに来るばあさんのことが浮かんだ。

もしかしたら、ばあさんは。

奥さんは麦茶を手にしながら言った。

「昔は商店街の電器屋さんで電球を買うついでにちょっとお願いして、なんて、そういうことが気軽にできてよかったわよねえ」

つきました、と朗らかな声がして、台所が明るくなる。ステージに立つ踊り子のように、喜多川は片腕を大きく伸ばし、なにやらダイナミックなポーズをとった。

帰りの車の中で、喜多川が言った。

「社長、あの……お願いがあるんです」

「またか」

俺は軽く吹き出した。喜多川は助手席でぎゅっと両手を握りしめている。

「私に電気工事の仕事、教えてくれませんか。調べたんです。女でも電気工事士の資格、取れるんですよね。私、勉強して技術を身につけて、工事士として働きたい」

そうくるだろうな、と思っていた。

俺はハンドルを切りながら静かに答える。

「手先が器用じゃないと、しんどいぞ」

「わかってます。私、不器用だって自覚あるけど、だから人の何倍も努力します。最初から上手にできる人が気づかないことにも、私はきっと気づくと思う。器用な人よりもたくさんのことを覚えると思う。力仕事は男の人にかなわないかもしれないけど、私にできることも絶対あると思うんです」

少し先の信号が、黄色になった。ややあって赤に変わる。

「私、やっとやりたいことを見つけたんです。教えてください」

前の車に速度を合わせ、俺はゆっくりとブレーキを踏んだ。

「厳しくするから、覚悟しろよ。俺は頭の固いオヤジだからな」

「……ありがとうございます！」

喜多川は片手をこちらに向けてくる。俺も右手を差し出した。

交わされた握手の、親和的な体温。

喜多川が「よろしくお願いします、師匠！」と笑った。

週末、ヒビヤ・エレクトリックの社長、日比谷徳治の講演会へと出向いた。

会場は自社ビルの二階にあるイベントスペースだ。中に入ると、百人ほどの参加者で埋まっている。自由席だったので、俺は一番後ろの端に座った。

時間がきて現れた日比谷徳治は、パリッとした高級そうなスーツに身を包み、黒光りする靴を履いていた。優雅な足取りにも威厳がある。

はじめに、アナウンサーのように流暢にしゃべる女性スタッフによって、ヒビヤ・エレクトリックの事業内容、沿革がスライドで説明された。福永電工と比べたら、規模が違いすぎて異次元の世界だ。

日比谷徳治の講演に入り、場内の意識が彼に集中する。

「成功者というのは、何をやってもうまくいく苦労知らずの人間のことじゃない。うまくいかない何かが起きたときに、正面から対処できる人間のことなんです」

最たる成功者であるはずの日比谷徳治。彼もまた、うまくいかない何かを乗り越えてきたのだろう。俺には想像もつかないような、大変な出来事を。

俺はどこか親近感を覚えながら、彼の話に耳を傾けた。

講演が終わって席を立とうとすると、「福永様」と呼ばれた。物腰やわらかで、すっきりとした品のある女性だ。

「福永電工の福永武志様ですね。わたくし、日比谷徳治の秘書の三枝《さいぐさ》と申します。日比谷が、福永様とお話がしたいと」

「……へ？　私と、ですか」

どういうことだ、日比谷徳治が？　だいたい、なんで俺を知ってるんだ。

「驚かせて申し訳ございません。ご来社の際、受付にて確認させていただいておりました。お時間がよろしければ、社長室にお運びいただけますでしょうか」

あの日比谷徳治が、福永電工を知っていたとでもいうのか。足しげく社長セミナーに通った功績だろうか。いや、それにしたって、いい話のはずはない。もしや長瀬たちが何か手を回して、会社をつぶそうと企んでいるのかもしれない。

俺はあたふたと立ち上がり、へっぴり腰になって秘書の後ろについていった。

専用のエレベーターにふたりで乗る。耳が痛くなるくらいに高く上り、たどりついたのは最上階の三十三階だった。いつも社長セミナーをやるホテルよりもさらにうんと高い。

秘書は大きなドアをノックした。中から「はい」と低い声がする。

丁寧にドアが開かれ、秘書に案内されて俺は社長室に足を踏み入れた。心臓が口から飛び出そうだ。

一面にガラス張りのその広い部屋で、日比谷徳治はバカでかいデスクに座っていた。緊張しているのと逆光になっているのとで、顔がよく見えない。

日比谷徳治が楽しそうに言った。

「またお会いしましたね、ぷんぷくさん」

「……………え」

日比谷徳治は、デスクの下で隠し持っていたらしい青いキャップをかぶった。中日ドラゴンズのロゴマーク。

「ディーさん！」

気絶して倒れそうだった。ふらつく足をなんとか留める。そういえば、日比谷徳治は名古屋《なごや》出身だった。

「こちらへどうぞ、さあ」

ディーさんはソファへと移動し、俺を促した。黒い革張りのソファは向い合わせになっており、俺はおたおたとディーさんの前に座った。

「申込者の名前に、ぷんぷくさんを見つけましてね。嬉しくなってしまって」

「あ、はあ、その……」

ディーさんは水戸黄門というより『遠山《とおやま》の金《きん》さん』だ。普段は遊び人のふりして、最後には桜吹雪の刺青を見せて皆をひれ伏させる北町奉行、遠山景元《かげもと》。

汗をだらだらかいている俺に、秘書が茶を運んできた。一礼をし、部屋を出ていく。

ドアが閉まるとディーさんはキャップを脱ぎ、つ、と身体を少し前に傾けた。

「福永さん。うちに来ませんか」

飲みかけたお茶を吹きそうになり、俺はごほごほと咳《せ》き込む。

今、今、なんて言った？

「うちにって……」

「ええ、わが社に。もちろん正社員雇用です。私は、ご縁というものを信用したいタチでね。商品の修理や定期点検を請け負っているメンテナンス部門があるんです。福永さんのキャリアなら、現場作業員ではなく統括セクションのお席をご用意しますよ。年収もご満足いただけるだけのことは約束する。葵ちゃんだって、事務職ならどの部署でも歓迎です」

俺が……学歴も人徳も、たいしたキャリアもない俺が、このヒビヤ・エレクトリックで……。

安定した大企業、高収入。八重子にも楽をさせてやれるだろう。社長がバックについているとなれば、誰も俺に逆らったりしないだろう。

とんでもない大出世だ。俺は、これでえらく……なる……？

手に汗がいっぱいにじみ出ている。俺はスーツの上着にこすりつけるように、ごしごしと拭いた。ポケットの上から、ぽつんと硬いものがあたる。

……どんぐりだ。

あの日、愛和ネネからもらった、どんぐり。

――一番えらいのは、誰だ？

何も知らなかった俺に一から電気のことを教えてくれた店主。

ふがいない俺に文句も言わず、いつも明るく支えてくれる八重子。

空威張りしている俺の元で、一生懸命働いてくれた社員たち。

そして……福永電工を信頼してくれたお客さんたち。

俺は今まで、自分が勝手に外れてきただけじゃないか。いつもこんなにたくさんの、愛のエネルギーが流れていたのに、俺が循環を止めていただけじゃないか。

やっとやりたいことを見つけたと言った、喜多川葵の顔が浮かぶ。

俺は静かに首を横に振った。

「ありがとうございます。でも、辞退させていただきます」

予想外だったのだろう、日比谷徳治は眉を大きく動かす。俺は深く息をつくと、彼の目をじっと見てこう言った。

「裸一貫、やり直します」

日比谷徳治は顎に手をやり、少しの間考えていたが、ふっと優しげな笑みを浮かべた。ドラゴンズのキャップをかぶり、ディーさんの顔になる。

そしてなんだか、どこか満足そうに笑って言った。

「こんないい話を蹴るとは、どえらい男だなあ」

その足で、俺は営業所に向かった。

パソコンを立ち上げる。ストップしていたフォームを開き、受注を再開した。まずは一日三件までなら受けられるよう、調整していこうと決めた。

求人をかけて、新しいスタッフが慣れるまではそんなに欲張らなくていい。少しずつでいいから、地に足をつけて、一歩ずつ一歩ずつ。

そうだ、採用面接は俺だけじゃなくて、八重子や喜多川にも同席してもらおう。みんなで創っていくんだ。新しい福永電工を。

だから、俺はここでまた――。

スーツを、脱ごう。


すっかり夜遅くなってしまった。営業所を出て、最寄りのバス停に向かう。

坂下に向かう日曜日のバスは、最終時刻十一時三分だった。すいていたので、一番後ろの広い席にゆったりと腰をかける。

先に乗っていたふたりの客がバス停ごとにひとりずつ降り、車内には運転手と俺だけになった。

突然、左腕がビクビクッと動く。出てくるのか、爺さん⁉ バスの中だぞ？

案の定、左手から飛び出してきた火の玉がぽんと爺さんに変わった。

「わし、バス好き」

爺さんは窓にぺったりと手と顔をつけ、外を眺めている。

俺は運転手の様子をうかがった。離れていて気づかないのか、特に驚いている様子はない。

「爺さん」

呼びかけると、爺さんは窓の外を向いたまま言った。

「わし、神様」

「……神様。俺はうすうす気づいていたんだが、確信したよ」

聞いているのかいないのか、神様は窓に人差し指をくっつけて「あ、猫」と言った。

「あんたが……左手が、勝手にしてきたことって、俺が本当の本当はやりたかったことだよな」

ばあさんに麦茶を差し出すような思いやり。出せるだけの募金。八重子に気持ちを伝えること。仕事が引けてから部下に気前よく奢《おご》ること。現場での作業を受けること。人から見たら、簡単なことかもしれない。でも俺にはできなかった。卑屈さやケチ臭さ、ゆがんだ自尊心が邪魔していた。

だけど、自由奔放な神様のやることなすことにあわてふためく一方で、懐かしいような気持ちにもなったんだ。どこか遠いところに行っていた本来の自分が「ただいま」って帰ってきたんじゃないかって、そんな不思議な感情だった。「おかえり」って言いたくなるような。

バスが坂下の停留所に着く。俺が腰を上げると、神様も一緒に立った。

後方ドアが開き、神様は俺を抜かしてぴょんとアスファルトにジャンプした。俺も地面に片方足をつける。運転手が「ありがとうございました」と言った。

俺にだけ言ってるよな。やっぱり運転手に神様は見えないのか。

そう思いながら降り切ったところで、運転手がもう一度言った。

「ありがとうございました。どうぞ、またのご利用を」

なんだか不自然に恭《うやうや》しく感じられて、俺は振り返った。しかしドアは閉まり、バスは坂道を上っていく。

とっぷりと夜は更《ふ》けていた。気持ちの良い風が吹いている。人影もないので俺は上着を脱いだ。

ハッと目を疑った。左腕の「神様当番」が消えている。いつからだ？

「神様、これ……！」

車道を挟んで向かい側に、朝乗るほうのバス停が見えた。神様はそちらをじっと凝視している。

「世の中っていうのは」

「え？」

「たいがい、誰かのおとしものでできてるんじゃよ。最初から自分のものなんて、何もないんじゃ」

神様の口調は、穏やかだが強かった。どういうわけだか、人も車もまったく通らない。シンと静まり返り、虫の声さえ聞こえなかった。まるで時が止まったみたいだ。

「人はみんな、誰かがうっかり落としたりわざと置いていったりしたものとめぐりあって、やみくもに欲しがる。でも、ただ拾うだけでは本当に自分のものにはならないんじゃよ、決してね」

消えてしまった一万円札を思い出す。神様はゆっくりと続けた。

「あこがれて真似して学んで、自分を生きながら自分だけのものにしていくんじゃ。だけど、そのうち自分も誰かの前になにかを落としていることを知る者は、ほとんどいないかもしれんの」

ふう、と神様は空を仰ぎ、へろっと笑った。

「坂下、七時二十三分。なかなか楽しかった。次はどこに行こうかのぅ」

行ってしまう。そう思った瞬間、神様はしゅっと赤い光になり、バス停のコンクリート台の中に吸い込まれていった。カタカタカタッとバス停が揺れる。

ほどなくして、バス停はぴたりと動かなくなった。

野良猫が一匹、歩道を通る。車が車道を走る、俺の横を人が過ぎる。どこかの家から聞こえてくる笑い声、虫の鳴き声。時間が……世界が動き出した。何事もなかったかのように、いつものように。

翌朝、喜多川と八重子と三人で、これからのことを話した。誰も落ち込んでなんかいなかった。ここから力を合わせていくのだという想いだけが、俺たちの中をめぐる。

落ち着いたところで、自動ドアが開いた。ばあさんだ。

トイレから出てくるのを待って、俺は努めてゆっくりと話しかけた。

「なあ、ばあさん。もしかしたら、トイレの電球が切れてるんじゃないのか」

ばあさんは、きまり悪そうに視線をそらし、あきらめたようにうなずいた。

電球が切れた。それだけのことだ。本当にただ、それだけのこと。

だから誰にも頼めなかったのだ。

電球を替えるだけのために家に来てほしいと助けを求めるよりも、自分が夜中に長い時間かけて歩くほうが気が楽だったのだ。

これからは、俺がやる。そういう人のところに、いつでも駆けつけてやる。

ばあさんの家は、営業所の裏にある古い小さな一軒家だった。俺は喜多川と一緒に中に入る。

トイレは奥まった造りになっていて窓もない。さらに、そこに続く廊下は照明器具本体が劣化して壊れていた。これでは昼でも真っ暗だ。

「前は懐中電灯を持って入ることもあったんだけどね、それはそれでまた、なんだか恐ろしくて」

ためしにトイレの中で懐中電灯をつけると、肝試しみたいなおどろおどろしい雰囲気になった。たしかにこれは恐ろしい。この状態では落ち着いて用を足せないだろう。

念のため、ヘッドライトを持ってきていた。頭に装着し、喜多川が便器の脇にセットしてくれた脚立に上がる。

「探検家みたいです、師匠」

ヘッドライトに興奮して喜多川が言った。わかった、今度、おまえにも使わせてやる。

古い電球を外して喜多川に渡す。喜多川は口金のサイズを確認し、用意してきた中から古いのと同じE26型の新しい電球を俺によこした。

つるりとした裸電球。

待ってな、ばあさん。こいつがいい仕事するんだ。

俺は電球をソケットに差し込み、くるくると回して取り付けた。俺の目配せで、喜多川がトイレの照明スイッチを押す。

洞窟のように暗かったトイレが一気に、夏祭りの屋台みたいに明るくなった。

ばあさんが、赤ん坊が生まれたかのような恍惚《こうこつ》の表情を浮かべている。俺は脚立の上から、オレンジ色の光に照らされた喜びの笑顔を見た。

――どうして気がつかなかったのだろう。

俺はとっくの昔からすでに、こんなにも美しい「高いところからの景色」を見ていたのだ。

ばあさんは、目を潤ませて俺を見上げている。

「ああ、ありがたいねぇ……」

そう言ってばあさんは、両手をそっと合わせた。まるで神様を拝むみたいに。

巻末特典

青山美智子
&
田中達也
（ミニチュア写真家）

特別対談

装画の依頼は一度断っていた
それでも引き受けた理由とは

――青山さんの本の装画を、田中さんが手がけることになった経緯とは？

青山　デビュー作の『木曜日にはココアを』の時、担当編集さんにイラストレーターさんや写真家さんなど何人か候補を提案していただいたんです。その中に田中さんも含まれていて、私は絶対に田中さんがいいです、そうじゃなきゃイヤだってゴネました（笑）。ただ、田中さんはちょうどその頃『ひよっこ』（二〇一七年度上半期放送のＮＨＫ「連続テレビ小説」）のオープニング映像のミニチュアを手がけられて、ものすごく注目されていた時期なんです。私みたいな無名の作家の、しかも新人賞を獲《と》ったわけでもないデビュー作の本の仕事を受けていただきたいなんて、今考えるとご依頼するのも恐れ多いことをしたと思います。でも、当時は本当に怖いもの知らずで、グイグイいってしまった。それが良かったんですかね？

田中　グイグイきてくれたから、受けましたよね。

一同　（笑）

田中　当時は装画の仕事をほとんどしたことがなかったので、積極的に受けていなかったんです。スケジュールもやや立て込んでいたので、最初は「ちょっと難しいですね……」と。

青山　それでも、こちらから再度お願いをして。ひとまず送っていただいた原稿を読んでみたら、このお話をミニチュアで表現するのは納得だなと思ったんですよ。僕は日常にあるものを別のものに見立てたアートを作っているんですが、一人の主人公にスポットを当てるというよりは、ある風景の中にいろんな人がいて、それぞれがいろんなことを考えている、という「雰囲気」を作品で表現する場合が多いんですね。『木曜日にはココアを』は小さな喫茶店にたくさんの登場人物が訪れる話だったので、僕の作風と合っているなと思った。あの時受けて良かったです。もし断っていたら「やりたかったのに！」って、後で悔しい思いをしていたかもしれない。

田中

青山　私、新規での制作が難しければ田中さんの過去作品を借りられないかと思って、当時で二千枚くらいあった写真を見返して物語に合うものをいくつかリストアップさせていただいたんですよね。そうしたら編集さんから「制作してくださるそうです」と連絡をいただいて、嬉《うれ》しすぎて本当に椅子から跳び上がりました（笑）。

カラフルな登場人物たちはどこからやってくる？

青山 私が自分の小説と田中さんの作品が似ているなぁと思うのは、「誰でもなくて、誰でもある」というところです。田中さんのフィギュアたちは、たまに『ドラゴンボール』のキャラクターだったりすることはあるんだけれども、基本的に固有の誰かではないですよね。私も「誰でもなくて、誰でもある人」を小説で書いていきたい、という思いが強いんです。

田中 青山さんの小説は、読んでいると登場人物が「誰かに似てるな」と思うんですよね。自分の知り合いの誰かとか、街ですれ違って印象に残っている人だとか、キャラクターたちが誰かしらに当てはまる気がする。

青山 読者さんがそういうふうに感じてくれたら、すごく嬉しいです。

田中 僕の場合は、あるシチュエーションの中に人形を置いて「あとは見た人がご自由に想像してください」という感じなんですよ。小説だと、具体的にキャラクターの内側を掘り進めていかなければお話ができないじゃないですか。そこをどうやって自分の脳みそから出すのか、僕にとっては結構な謎なんです。

青山　私にとっても謎です（笑）。たぶん、すべて自分の実体験が基になっているとは思うんですよ。でもそれをそのまま等身大で、五十代の日本人女性というキャラクターで描《えが》いていってしまうと、生々しすぎたり、広がりがなくなってしまう。基にあるものは私自身と繋《つな》がっているんだけれども、それを小学生にしたりおじいさんにしたり、老若男女いろんなキャラクターに植え付けて表現していくことで、作品の世界がカラフルになってくる。だから、実体験プラス妄想。あとは、願望ですね。「こういう人がいてくれたらいいのにな」と。『木曜日にはココアを』のマスターはその願望の最たるもので、マスターみたいな人に出会いたいって、ずっと思っていたんです。

田中　その後、出会えましたか？

青山　マスターには会えていないですけど、本を出した後で「このキャラクター、現実のあの人みたいだな」って人に出会えたりすることは、稀《まれ》にあります。例えば……田中さん！

田中　その話、うちの妻から聞いていました（笑）。『木曜日にはココアを』の二話目に出てくる、絵描き志望の輝也《てるや》ですよね。

青山　そうです。私のオンライントークイベントでこの話をしたことがあって、田中さんの奥様が視聴してくださってたんですよね。奥様ともSNSを通して仲良くさせていただいています。輝也パパは絵を描きたいからと会社を辞めて、家事を受け持つと宣言する。Instagramでアートを発表したらマスターに見出《みいだ》されて、これからグループ展に参加します……というところでお話は終わります。そのあと、『猫のお告げは樹の下で』（二〇一八年）ではフォロワー数三万人の人気アーティストになったことを書いていて、『月曜日の抹茶カフェ』（二〇二一年）ではニューヨークで賞を獲って海外でも活躍するようになっている。最初に登場した時は田中さんをイメージしていたわけではなかったんですが、再登場以降の、インターネットをきっかけにどんどん有名になっていくアーティスト像は勝手に田中さんを重ね合わせています。

田中　「出世してる！」と思いながら読んでいましたよ。妻に教えてもらってからは、輝也が出てくるところだけ読み返したりしました（笑）。

青山　読者さんにもぜひ、輝也パパの出世をたどってほしい（笑）。実はもう一人、私が勝手に田中さんをイメージした登場人物が、『ただいま神様当番』に出てくるんです。新島直樹くんの章に出てくる、中田くんです。

田中　リア充・中田が！（笑）

青山　さらに言うと、沙百合ちゃんという中田くんの彼女は、田中さんの奥様のイメージです。私、以前から田中さんご夫婦の関係が素敵だなと思っていて、「二人がもし高校時代に付き合っていたらどんなだったろう?」という妄想スピンオフをこっそり書かせていただきました（笑）。

田中　光栄です（笑）。

青山　先ほど、私が書いている登場人物たちは「すべて自分の実体験が基になっている」というお話をしたんですが、人から聞いたちょっとした一言を膨らませる場合も多いんですよね。中田くんがまさにそのパターンで、「中田くんは私の話をちゃんと聞いてないって、よく怒られる」って、沙百合ちゃんからよく言われることを話す場面があるじゃないですか。これは田中さんが、ミニチュアアートの展覧会のトークイベントで、「日常の中でぼーっと妄想を始めちゃうことが多くて、よく妻に〝私の話を聞いてない〟って怒られる」とおっしゃっていたんですよ。そのとき、うわー、のろけ話だって思って、ニヤニヤしちゃいました。

一同　（笑）

青山　「のろけにしか聞こえない」ということも、小説の中に書いたんですけれども。でも、納得した部分もあったんですよね。私、まだ田中さんとお会いしていなかった時に、田中さんのアートを見て最初に思ったのが、「きっとすごく大切な方がいらっしゃる人のアートだな」と。『情熱大陸』（ＭＢＳ・ＴＢＳ系）にご家族で出演されているのを拝見して、なんて素敵な家族なんだと思ったことも作用したんだと思います。だから、主人公の〈僕もそんなふうに、自分の彼女に怒られたい〉というつぶやきは、私がもし男だったら……という妄想のつぶやきです。私の小説は、そういう妄想がたくさん集まってできています（笑）。

自分のためではなく人のため これがおじさんの生きる道!?

青山 田中さんのアートってよく「子どもの発想」というふうに第三者に紹介されることがありますよね。でも、私はあんまりそう思わなくて。子どものような柔軟な発想もお持ちになられているとは思うんですが、私は田中さんのアートから「大人の男の人の優しいまなざし」をいつも感じています。一日一日を大切に暮らしている人のアートだな、と思うんですよ。田中さんが見てきたものや経験してきたことが、作品に表れている。そこが好きなんです。

田中 見立てって、子どもの頃に誰もが一度はやったことがありますよね。それを大人が真剣にやっているから、「子どもの発想」と言われるんだと思うんです。でも、趣味だとか普段の生活でやっていることがそのまんま作品に生きるので、大人の男の人のアートだと言ってもらえるのは、まさにそのとおりだと思います。

青山 やっぱり人生って、出ますよね。私はデビューが遅くて四十七歳の時だったんですが、十代二十代では今のような小説は書けなかったと思っています。

田中　青山さんがすごいなと思うのは、十代二十代の人たちのことも、すごくリアルに想像して書かれているじゃないですか。僕の場合、十代女性に受けるアートを作るのはなかなか難しかったりするんです。僕が若者っぽい表現をしても、おじさんが若者に無理やり寄せてきたね、ってだけで終わったりする（苦笑）。老若男女、本当にいろいろな登場人物を表現できる青山さんはすごい。

青山　私はコスプレタイプなんですよ。そのキャラクターに憑依《ひょうい》するというか、なりきっている。

田中　青山さんが書く、おじさんの話がイイんですよ。自分がそういう年になったからなのか分からないんですけど、やたら沁《し》みます。

青山　おじさんがいちばん書きやすいです。たぶん私自身が、七割方おじさんなんだと思います（笑）。

田中　おじさんって世の中的には結構目の敵《かたき》にされてますけど、青山さんはおじさんに優しいですよね。おじさんが、お話の中で大事な役目を担うことが多い。いちばん印象的だったのは『鎌倉うずまき案内所』（二〇一九年）の最終話（「一九八九年ソフトクリームの巻」）で、最後におじさんのしたことが巡り巡って、未来にいい結果をもたらしていたわけですよね。

青山　すごい！　言われてみれば、おじさんがキーになってることが多いかも。

田中　知らず知らずそうしていたんですね。

青山　どこかで計算があるのかもしれないですけど、無意識でした。それを指摘してくれた人は田中さんが初めてです。今、鳥肌が立ちました。

田中　青山さんの小説って、自分のためではなくて、人のために何かをするといいことが起こる。おじさんが幸せに生きる道は、それしかない気がします（笑）。

装画はモチーフの発見が大事
朝陽は光るし茂造の頭も光る

――本書『ただいま神様当番』は、青山さんにとって四作目の小説です。過去三作と同様に、章ごとに主人公が変わる連作短編形式になっています。ある日突然、主人公たちは「神様当番」に選ばれてしまい、ジャージ姿の「神様」のお願いごとを叶《かな》えなければならなくなってしまう。このユニークな物語はどのように着想されたのでしょうか。

青山　着想のきっかけは、ビリケンさんです。大阪の通天閣にあるビリケン像が有名ですが、もともとはアメリカ生まれの幸福の神といわれているんですよね。足の裏を撫でるとご利益があるとされていて。ある時、ネットを見ていたら大きなビリケンの置物が三万円ぐらいで売られていたんですよ。私はマンションに住んでいるんですが、ビリケンを玄関の外にある花台に置いておいたら、うちの前を通っていく住人の方々が足をさわさわさわって、ちょっと楽しい気持ちになるかもしれないなと思ったんです。結構本気で悩んだんですけど、買ったはいいけど、要らなくなったら捨てられないなと思ったんですよね。じゃあ、町内会で買って、ビリケンを当番制で持ち回りにしたらいいのになって、勝手な妄想が始まってしまった。それが『ただいま神様当番』に繋がっていったんです。そこからどうしてジャージの神様になったかというと、茂造《しげぞう》（吉本新喜劇の辻本茂雄が演じるおじいちゃんキャラ）がモデルなんですよ。ほら、誰でも心に、誰かを住まわせているじゃないですか。……あれ？　田中さんはそういうことありませんか。

田中　えっと、僕はないです。

一同　（笑）

青山　えっ、ないですか⁉（笑）私の場合は自分の中に茂造がいて、例えば夫に対してちょっと腹が立った時なんかに、頭の中で茂造が決めゼリフで「許してやったらどうや」って言うんですよ。それで、そうだよなぁと思って、怒る気持ちが鎮まるっていう。

田中　それ、鎮まりそうですね。第三者に言われると、たしかに、みたいな。

青山　そうそう！　それで資料として、ジャージ姿の茂造の写真を田中さんにいっぱい送りつけました（笑）。そうしたら完璧なミニチュアができあがってきて、本当に感動しました。茂造の頭を、お日様に見立てているところも最高です。

田中　ネットで「茂造のかつら」が売っていたので買ってみたら、てかりが少なかったんですよ。これは作るしかないなとなって、まんまるにした紙粘土にヤスリをかけてツルツルにしたうえで、最後にニスを塗って光らせました。

青山　世界の田中達也に、私はいったい何をやらせているんだろう（笑）。

田中　青山さんの本の装画を考える時は、小説を読みながら、ミニチュアのモチーフになりそうなものをピックアップしていくんですよね。今回であれば、例えば朝陽《あさひ》。朝陽は光るし、茂造の頭も光る。両サイドの髪は雲になるぞ、というふうにイメージを繋げて、どんどん広げていく。ジャージの白いラインは、バスが通る道路になるぞ、とか。

青山　そうそう、『ただいま神様当番』の登場人物たちが集まる朝のバス停の発車時刻が「7時23分」というのは、0723で「おなじみ」という意味を込めています（笑）。

田中　それは知らなかったです（笑）。

青山　私が田中さんってやっぱりすごいな、プロだなと思ったのは、『猫のお告げは樹の下で』の時に本物のタラヨウの葉っぱを使いたくて、たった一枚だけのために木を一本買おうとしたこと。でもネットでサイズを確認したら木が大きすぎて事務所に入らないかもとご連絡があって、あの時は結局、編集さんが神社やお寺を探し回って、葉っぱを一枚ゲットしたんですよね。

田中　青山さんの本の装画を作る時は、素材を見つけてくるのにいちばん苦労するかもしれない。使うべき素材がいちばんのキーになるというのは、普段の僕の見立てにはないやり方ですね。『鎌倉うずまき案内所』の時は、アンモナイトの化石を探したりしました。それはあきらめて、細かくカットしたプラ板で時間が進んだり巻き戻ったりしていく様子を表す、ちょっと抽象的なオブジェみたいなものにしたんですが。

青山　『木曜日にはココアを』は殿堂入りとして、『鎌倉うずまき案内所』のミニチュアもすごく好きです。

田中　小説の内容をよく表していますよね。って、自分で言うのもなんですが（笑）。

作家としての信念はどこにある？
ものづくりを始めた頃の自分の中にある

――『ただいま神様当番』の単行本のオビには、田中さんの推薦文が掲載されて

いました。「いつもの日常も考え方や見方次第で楽しくなるもの。それに気がついた朝の朝陽は神がかり的に美しい」。本作のどんなところに魅力を感じましたか？

田中　これは他の作品も含めてなんですが、青山さんのお話の登場人物たちは、例えばお金がめちゃくちゃ手に入ったとか具体的に何かが起こったから状況が上向きになるわけではなくて、その人の心のありようが変わることで人生を前向きに変えていくじゃないですか。一見ファンタジーっぽいけど、意外とファンタジーじゃない。登場人物たちの心のありようが問題を解決していく姿は、地に足がついているものだからこそ、自分の現実の参考にできるんです。要は『ただいま神様当番』における神様って、神様である前に、自分の心の中の声なんですよ。だから、さっき青山さんから「私の心の中には茂造がいる」と聞いてびっくりしました。自分の声じゃなくて茂造の声だったのか、と。

一同　(笑)

田中　まぁでも、それも自分の声だと言えなくもないですもんね。

青山　そうですね(笑)。

田中　僕にとって見立ては「もの自体の価値は変わらないんだけれども、ものに対する価値観が変わる」という部分が大事で、そこが『木曜日にはココアを』を読んだ時から、青山さんと感覚が似ているなと思ったポイントでもあるんです。

青山　好きなように読んでほしいと思っているので、私からのメッセージとか、そういうことはあまり言わないようにしているんです。でも、田中さんが今お話ししてくださったことは私の中でいちばん大事にしている部分だったから……すごく嬉しいです。

田中　ミステリーにも若干近いですね。登場人物たちにとっての謎というか、問題は最初からわかっている。それをどう解決するのか、どんな心持ちからどういう心境まで持っていくのかを、想像したり期待したりしながら読んでいる感覚があります。自分で気づく大事さってあるじゃないですか。今回特にグッときたのは最後の社長の話（「五番　福永武志（零細企業社長）」）で。お金や名声を取るか、それを断ってでも大事なものを選ぶかという問題が出てきますよね。そのときの答えを社長は神様によって選ばされたとは考えていなくて、「俺が本当の本当はやりたかったことだよな」と気づいていく。あの話、めちゃめちゃ沁みました。

青山　私も大好きな話です。

田中　社長さんの選択の話って、僕自身にも当てはまるんです。例えばですけど、自分の作風と合わないような広告案件が来た時に、一瞬悩んじゃうんですよ（笑）。そこで仕事を受けるか、信念を曲げずに断るか。インスタで発表している作品も、「いいね！」の数に引っ張られると、自分がいいと思う作品と評価との乖離《かいり》で行き詰まっちゃうんです。人間だから欲は出るものだけど、自分にとって根本的に大事なものは何なのか、ブレないようにしないとなって思いました。

青山 今のお話、私にとってもすごくタイムリーです。おこがましくもこのところ、読者さんが増えていっていることを感じるようになって、そのスピードに自分自身がついていけていない部分もあるんですね。そこから「私なんて……」という卑屈な自分も顔を出してくるし、その一方で、もっともっとという欲も出てきてしまう。気持ちが不安定になってしまうことが最近、よくあります。

田中 本当に大事なもの、作家としての信念ってどこにあるかというと、いちばん最初にものづくりを始めた頃の自分の中にありますよね。「初心忘るべからず」って、真実だよなぁと思うことが多いです。

青山 初心……。田中さんの初心って、どういう感じですか。

田中 僕の初心は、見立てです。この世界に存在する見立てを、全部やり尽くしたいんですよね。僕以外にも見立てを考えている人は無数にいるし、自分一人でやり尽くせるわけがないんですよ。最後は絶対、死んじゃいますし。でも、自分が死ぬまでにどれぐらいの数の見立てを世に出せるかは、一生興味があり続けると思うんです。

青山 最初から、見立てが一生のお仕事になると想定されていたんですか？

田中 一冊目の写真集を出した時からですね。まとめる作業をしながら、「これ、コレクションっぽいな」と。そこでコレクション欲が出てきて、「全部集めたい」という気持ちになったんです。今はどちらかといえば、「作る」というより「集める」に近い気がしています。作品が一つ増えると、コレクションが一つ増えて、コンプリートまでほんのちょっと近づく。もちろん、見立てを貫いていったほうが、作家として最終的に面白いことになりそうだなという予感もあります。一個一個の見立ても大事なんですが、それこそ僕が死んだあとで、残された全体を見た時に何が見えてくるのかが、僕にとって本当の表現じゃないかなと思っているんです。

アイデアがアイデアを連れてくる
出さなければ、入ってこない！

――青山さんにとっての「初心」とは？

青山　実は、私にとっての「初心」を思い出させてくれる、いちばん大切にしているアートがあるんです。ブレそうになる時は、それを見るようにしています。（『木曜日にはココアを』の表紙を田中さんに見せて）これです。

田中　おおっ（笑）。

青山　田中さんには引き受けてもらえないと思っていたのに、引き受けてくださった。しかも、本になる前の私の原稿を読んだうえで、その世界を作ってくださったんです。完成した作品を見た時も感動でしたが、田中さんってミニチュア制作の前に必ずラフを描かれるじゃないですか。ラフの絵をメールでいただいて、パソコンで開いた時は……（涙ぐむ）。私は二〇一七年の八月にデビューして、これまでいろんな嬉しいことがあってたくさん泣いたんですが、田中さんのラフを見た時がいちばん泣きました。

田中　そんなに。ありがとうございます。

青山　あの時のことを思い出すと今でも泣いてしまうし、頑張ろうって思うんですよね。田中さんの絵の中に、十二色の子たちが「みんないる！」と思ったんですよ。ラルフさん（「8　ラルフさんの一番良き日」の主人公）がちゃんとラルフさんで、それぞれのキャラクターの個性が生かされていて。それは私の頭の中にしかいなかったものが、田中さんの中に、読者さんの中にも存在するようになったということで、そのことが嬉しくてたまらなくなったんです。その嬉しさこそが私の初心で、それを思い出させてくれるのが、『木曜日にはココアを』の装画なんです。……せっかくなのでもう一つ、田中さんへの感謝をお伝えしてもいいですか？

田中　褒められすぎて、緊張してきました（笑）。

青山　私は作り手として、田中さんから学んだというか、育てられたなと思う部分が大きいんです。例えば、私はデビューした直後、小説家としてこれから何を勉強したらいいのか、どうやったら小説がうまくなるのかわからなかった。そんな時に、『Fresh Faces ‐ アタラシイヒト ‐』（BS朝日）という番組の田中さんが出演されている回を見たんですよ。

田中　懐かしい！　出ましたねぇ。

青山　田中さんは見立てのアートを、SNSで毎日更新されているわけじゃないですか。一日一日の積み重ねって、何物にも負けないですよね。なおかつ、『Fresh Faces』の中で田中さんがおっしゃっていた言葉がすごく印象的で、「クロワッサンを一回雲に見立てる。でもこれで終わりってわけじゃなくて、またさらにどんどん新しいアイデアが出てくる。それを出し惜しみなくどんどん出すことで、さらにクロワッサンの限界を超える」と……。私も私なりのやり方で、クロワッサンの限界の向こう側に行きたい。そのためには出し惜しみをしないってことが大事で、やればやるほどアイデアって出てくるんだよと田中さんから教わった気がしたんですね。だから、私も一日に一つお話を作って五行ぐらいでもいいから毎日書くということを一年やると決めて、一年後の自分に会いたいって思ったんです。田中さんにインスパイアされた自己流の勉強法を一年やったおかげで、田中さんのおっしゃるとおり、やればやるほど、アイデアがアイデアを連れてくるという感覚を知ったんですよ。

田中 アイデアを外に出さない限りは、それに甘んじちゃうんですよね。自分の中に取っておいてあるアイデアがあるから、しばらくは安全だと思ってしまう。そういうものを全部出し尽くさないと、その次のアイデアが来ないんです。「アイデアの渋滞」とよく言うんですが、前が詰まっていると、その後ろ側にあるものが出ていけないんですよ。

青山 「このアイデアをここで使うのはもったいないから後に取っておこう」という気持ちって、どうしてもあるじゃないですか。出し惜しみをしないってすごく怖いことだけど、出さないと結局、入ってこないんですよね。そこの思い切りの部分とか、クリエーターとしての姿勢や在り方みたいなところで、田中さんから教えられることがすごく多いんですよ。だから……ありがとうございます！

田中 いやいや、こちらこそ（笑）。

――たくさんお話を伺って、確信しました。二人のパートナーシップ、コラボレーションは、今後も末長く続きそうですね。

青山 そう願っています。たくさんご一緒したいですね。そうできるように、日々、地道にがんばります。

田中　今後とも、妻ともども仲良くしてください（笑）。

青山　もちろんです！　これからもずっと、よろしくお願いいたします（笑）。

インタビュー・構成　吉田大助

この物語はフィクションです。
作中に同一の名称があった場合でも、実在する人物、団体等とは一切関係ありません。
本書は二〇二〇年七月に小社より刊行した単行本に加筆修正し、文庫化したものです。

青山美智子（あおやま・みちこ）

1970年生まれ、愛知県出身。横浜市在住。大学卒業後、シドニーの日系新聞社で記者として勤務の後、出版社で雑誌編集者を経て執筆活動に入る。デビュー作『木曜日にはココアを』が第1回宮崎本大賞を受賞。続編『月曜日の抹茶カフェ』が第1回けんご大賞、『猫のお告げは樹の下で』が第13回天竜文学賞を受賞。（いずれも宝島社）『お探し物は図書室まで』（ポプラ社）が2021年本屋大賞2位。同作の英語翻訳版は、米「TIME」誌の「2023年の必読書100冊」で唯一の日本人作家として選ばれる。『赤と青とエスキース』（PHP研究所）『月の立つ林で』（ポプラ社）『リカバリー・カバヒコ』（光文社）で、2022年、2023年、2024年と4年連続の本屋大賞ノミネート。著作多数。

宝島社
文庫

ただいま神様当番
（ただいまかみさまとうばん）

2022年 5月24日　第1刷発行
2024年 8月20日　第9刷発行

著　者　青山美智子
発行人　関川 誠
発行所　株式会社 宝島社
〒102-8388　東京都千代田区一番町25番地
電話：営業 03(3234)4621／編集 03(3239)0599
https://tkj.jp

印刷・製本　株式会社広済堂ネクスト

First published 2020 by Takarajimasha, Inc.
ISBN 978-4-299-02885-3